青い春を数えて

武田綾乃

講談社

白線と一歩 / 7

赤点と二万 / 47

側転と三夏 / 85

作戦と四角 / 127

漠然と五体 / 165

特別収録

そして奇跡は起こる / 220

青い鳥なんていらない / 224

解説・井手上漠 / 228

青い春を数えて

白線と一歩

原稿用紙から文字が泳いで逃げていく。見慣れたはずの明朝体が光の中に消えていく。照射されるスポットライトが私の脳味噌を鋭く貫く。瞬きを何度繰り返しても手の中の紙は真っ白で、なにも見えやしなかった。

クリーム色の壁に、ぴたりと受話器が張り付いている。プルル、と鳴った無機質な呼び出し音。職員室からの内線だろうかと予想しながら、私は箸《はし》の先端を冷め切ったウインナーに突き立てる。視界の端で、部長である有紗《ありさ》が立ち上がるのが見えた。

「はい、放送部です」

くるくると螺旋《らせん》を描くコードを指に巻きつけながら、有紗はよく通る声で言った。はい、はい、と彼女が慣れた様子で相槌《あいづち》を打つ声が聞こえる。職員室からの突然の要請は、放送部にとって特段珍しいことではない。有紗は通話を切ると、卓上マイクのスイッチを入れた。スピーカーからチャイムの音が響き、その後に有紗の作り物めいた声が続く。

「三年一組の伊藤由梨《いとうゆり》さん。町田《まちだ》先生がお呼びですので、至急職員室までお越しください。繰り返します。三年一組の――」

放送を終え、有紗がふうと小さく息を吐き出した。短く切り揃《そろ》えられた前髪を軽く払い、彼女は私に笑いかける。

「町田に呼び出されるとか、由梨ったら何したんだろ」

「どうせプリントの提出忘れたんでしょ」

私の答えに有紗は愉快そうに手を叩いた。屈託なく笑うその姿はまるで少年のようにも見えた。

「部長、ちょっと次の撮影についての相談なんですけど」

そう言って有紗に声を掛けたのは二年生の後輩だった。なに？　と有紗が彼女の方を振り返る。二人が話しているのを横目に、私は無言で卵焼きを口に運んだ。顔を上げると、ずらりと並んだ賞状が目に入る。ＮＨＫ杯全国高校放送コンテスト。達筆な文字で書かれたそれらから逃れるように、私は弁当箱の中身を掻《か》き込んだ。

私の所属する放送部の部員数は九名。三年生は私と有紗しかおらず、他は全て後輩だ。放送部の活動内容は多岐にわたり、校内放送、学校行事に始まり、コンテストへの参加まで様々だ。特に学校行事では進行役を務めたり音声を調整したりと多大な貢献をしているというのに、生徒からの認知度は低い。もっと感謝してくれてもいいんだけど、というのが部員たちの正直な思いである。

昼休みに放送室で昼食を摂《と》るというのも、この部内で自然と定着したルールだった。教師からの放送依頼が多く、それに対応するためにこうして皆で集まるようになったのだ。室内に視線を走らせると、私以外にも七人の部員たちが思い思いに会話をしながら食事をしている。気の合う仲間しかいない狭い空間はとても快適で、ずっとこの生ぬるい環境に居座りたくなってしまう。

「そういやさあ、もう五月入ったじゃん。Nコンの参加申し込み、そろそろ締め切りだよ」

相談は終わったのか、有紗が振り向きざまに私に声を掛けた。

Nコンというのは、NHK杯全国高校放送コンテストの略である。毎年千五百校を超える学校が参加し、普段の努力を示すべく競い合う。コンテストは、アナウンス部門・朗読部門・テレビドキュメント部門・創作テレビドラマ部門などの全七部門で行われる。アナウンス部門であれば自作した原稿を発表し、朗読部門であれば指定された複数の作品の中からひとつを選んで朗読する。

「どうすんの、今年は」

有紗の切れ長の目がこちらを捉《とら》える。後ろめたさを覚えて、私は咄嗟《とっさ》に面《おもて》を伏せた。心境を汲《く》み取ったのか、有紗が何気なさを装って話題を切り替える。

「ま、そんなことよりさ、私から知咲《ちさき》に特別ミッションがありまーす」

「ミッションってなに？」

警戒心を露わにした私に有紗はニカッと無邪気な笑顔を見せた。

「いやね、森《もり》ちゃんのことなんだけど」

その名前に、私は眉をひそめた。森唯奈《ゆいな》。今年入部したての一年生で、今ここにはいない九人目の部員だ。彼女はいつも、昼休みに部室に来ない。

「ほらさ、あの子ってあんまり同級生の子とも仲良くないみたいだし。だから、知咲がうまーくフォローしてやってよ」

「有紗がやりなよ」

「私よりは知咲の方が絶対向いてるって。他の後輩も言ってたよ？　知咲先輩は優しいから話しかけやすいですって」

優しい。その言葉に、私は自嘲めいた表情を浮かべる。私にとって、優しいとは決して褒め言葉ではない。

有紗はしかつめらしい顔を作ると、仰々しい仕草で私の背を叩いた。

「いや、マジで頼んだよ。これからの放送部はあの子にかかってると言っても過言じゃないから」

「えー、どう考えても過言でしょ」

呆《あき》れを滲ませた私の台詞に、有紗は何も言わなかった。その反応に、違和感を覚える。焦燥が脳の端に引っ掛かり、警戒音を鳴らしていた。もしかして何か事情があるの？　そう問おうとした私の言葉を遮《さえぎ》るように、有紗はいつもの笑みを浮かべて言った。

「じゃ、そういうことだからよろしくね」

よろしくね、と軽々しく言われても一体どうしたらいいのだろうか。昼休みのやり取りを回想し、私は大きくため息を吐《つ》いた。放課後練習は既に始まっており、周囲では他の部員たちが各々の課題に取り組んでいた。

放送室に併設されたスタジオは滅多に利用する生徒がいないことから、自然と放送部の第二の部室と化していた。部の活動では大声を出すことが多いので、しっかりとした防音設備があるというのはありがたい。発声練習はいつもここで行われる。

「じゃ、基礎練やるよー。集まって」

有紗の言葉に、皆がスタジオの中央に寄ってくる。私はちらりと視線を走らせ、唯奈のいる方向を確認した。彼女は俯《うつむ》いたまま、ひっきりなしに自身の眼鏡フレームを持ち上げている。フレームの隙間から見える瞳は鋭く、厚みのある唇は一直線に固く結ばれている。彼女は長い前髪を耳に掛け、気難しそうに眉間に皺《しわ》を寄せていた。入部してから既に一ヵ月近くが経とうとしているが、彼女が笑っているところを私は一度も見たことがない。

「アー」

有紗の声に続いて、皆が自由に声を発する。最初にこうして喉を開いておかないと、効率よく練習ができないのだ。それぞれの声が重なり合うさまは、何だか合唱に似ている。高い声、低い声。鋭い声、柔らかい声。人間の声にはそれぞれ個性があるのだと、私はこの部活に入ってから意識するようになった。声は神様からの贈り物だ。あの子のような声になりたいと思っても、結局は自分に与えられたもので満足するしかない。

「じゃ、いきまーす」

皆が発声の準備を終えたのを見計らい、有紗が声を掛ける。部員たちが円を作るようにめいめいの立ち位置につく中、私はそれとなく唯奈の隣に並んだ。

「あー」

「いー」

こうして五十音の順番に、一音ずつ発声していく。うちの部では大体ひとつ二十秒ほどを目安に次の音へ移るようにしている。これ以外にも複数の基礎練習メニューがあり、それらをこなした後に個人練習に進むのだ。

「あめんぼ　あかいな　アイウエオ」

「うきもに　こえびも　およいでる」

練習メニューに記されているこの詩は、北原白秋《きたはらはくしゅう》の『五十音』だ。舌に乗る自分の声は軽快で、出来ることならこの詩の練習だけをずっとしていたいと思う。高揚した気分のままふと隣の声に耳を澄ますと、唯奈の凛《りん》とした声が私の鼓膜を揺さぶった。

「らいちょう　さむかろ　ラリルレロ」

彼女の声はよく通り、滑舌も良く聞き取りやすい。アナウンサー向きの声、所謂《いわゆる》アナ声と呼ばれるものにあてはまる。練習すればコンテストの上位を狙えるだろう。そう考えた途端、口内にじわりと苦い味が広がった。

基礎練習は大抵三十分ほどで終わり、その後の活動は個人の判断に任されている。今日は動画の編集をしようか。そう思ってスタジオから出ようとした私の腕を、誰かが摑《つか》んだ。

「知咲先輩、相談したいことがあるんです」

見遣《みや》ると、真剣な面持ちをした後輩たちがこちらに手を伸ばしていた。クラスも同じで、いつも一緒にいる一年生二人組だ。私はスタジオの隅にいる唯奈の方を一瞥《いちべつ》した。彼女は周囲を気にする様子もなく、自身の声をスマホで録音しているところだった。

「どうしたの？」

私の問いに、後輩の一人は困ったように肩をすぼめた。

「Nコンなんですけど、アナウンス部門か朗読部門のどっちにするか悩んでるんです。どっちに出たほうがいいと思いますか？」

「まあ、倍率だけで考えたらアナウンス部門の方が可能性あるよね。例えば去年だったら、うちの県でアナウンス部門に参加した人数は約百人、朗読部門は大体二百人。その中から全国にいけるのはそれぞれ六人ずつしかいないわけだから、単純に倍率だけで考えると朗読部門の方が狭き門だよ」

「でも、なんでアナウンス部門って朗読部門に比べて人数が少ないんですか？」

後輩が首を傾げる。私は自身の推測を口にした。

「アナウンス部門は自分で原稿を作らなきゃいけないから、大変だと思って避けちゃう子もいるんじゃないかな。でも自分で原稿を作るってことは自分の弱点をカバーしやすいってことだから、利点でもあるよね。前の先輩なんか、ラ行の発声が苦手すぎて、ラ行が一音も出てこない原稿を作ってたよ」

そうなんですかぁ、と後輩たちは悩ましげに頷《うなず》いている。どちらの部門に出るべきか、ますます分からなくなったようだ。

「まあ、結局は自分の好みだよ。あとは声質の問題かな。もし朗読に出るなら、いかに自分に合った作品を選ぶかが重要だと思うし。例えば、有紗が毎年古典作品を選ぶ理由って、声質が古典を読むのに合ってるからなんだよね。もちろん、古典が好きっていうのも理由だけど」

「部長、一年生の頃から全国大会行ってるんですもんね。すごいなぁ」

耳朶《じだ》を打つ後輩の声を切っ掛けに、今年の春に卒業していった先輩の顔が脳裏を過《よ》ぎる。有紗がいれば安泰だね。そう軽やかに告げた声を思い出し、不意にぎゅっと心臓を摑まれたような感覚がした。目の前の後輩の顔が、何故だかあの時の先輩に重なって見えた。

「そういえば、先輩は去年どっちに出たんです？」

無邪気な質問に、私はなんでもないフリをして答える。

「いや、私は去年、出なかったの」


電車が揺れている。つり革が、右から左に揺らいでいる。紺色のシートに座り、合皮製のスクールバッグから私は一冊の文庫本を取り出す。それは、今年の朗読部門の指定作品のうちの一つだった。読みすぎたせいか、その表紙は不自然な形に折れ曲がっている。ページを捲《めく》ると、黄色の蛍光ペンが様々な箇所を塗り潰《つぶ》しているのが分かる。細やかな文字が滲み、白い紙面はわずかに黒く濁っていた。

「『でも、伝えようとしなきゃ、なんにも始まらないんだよ』」

無意識の内に呟《つぶや》いたのは、作品の一節だった。少女たちが互いに本音をぶつけ合う、小説内のワンシーン。紙面に引かれた黄色の線を指でなぞり、私はそっと目を伏せる。

朗読部門で一人の発表者に与えられる時間は、一分三十秒から二分の間だけ。それよりも短すぎてはいけないし、長すぎてもいけない。参加者たちはその時間内に収まるように苦心しながら、自分の表現したい箇所を選ぶのだ。

私は何をしたいんだろう。薄っぺらな文庫本を片手に、揺れるつり革をぼんやりと眺める。去年の私もこうやって指定作品に蛍光ペンで線を引いた。自分が発表するならここを読みたい。そう思って、真っ直ぐな線を引いていた。だけど、結局私が舞台に立つことはなかった。

——二年前のあの日から、私はずっと現実から逃げ続けている。


「それじゃあ、宮本《みやもと》さん。三十二ページの五行目から」

翌日の現代国語の授業。唐突に教師から名指しされ、「はい」と返した声は少し上《うわ》擦《ず》ってしまった。赤くなった耳を誤魔化すように、私は勢いよく立ち上がる。膝裏《ひざうら》に押され、木製の椅子《いす》がずりりと鈍《にぶ》い音を立てた。

放送部員にとって、授業中の音読は鬼門である。これはいわば心理ゲーム、己と周囲との戦いだ。言葉を読む訓練をした人間とそうでない人間の違いが最もわかりやすいのが発声方法で、私の場合だと本番用の声と地声は完全に別物となる。ウグイス嬢を想像するとわかりやすいだろう。学校の授業中に誰かがあんな風にイイ声で教科書を読み出したらどうなるか。当然、周囲からの注目を集めることになる。

私にだって放送部員としての矜持《きょうじ》がある。文章を音読する以上、本気で取り組まないと気がすまない。だが、なに張り切って読んじゃってるの、と嗤《わら》われるのは恥ずかしい。相反する二つの感情に挟まれる度に、私はいつも途方に暮れる。

「宮本さん？」

悶々《もんもん》と葛藤に苛《さいな》まれる私の思考を遮るように、教師の声が響いた。

「すみません、今読みます」

私は慌《あわ》てて口を開くと、悩んだ挙句に結局地声で音読を行った。平板な自分の声が、教科書の文を追いかける。指定された箇所を読み終わると、教師は「ありがとう」と事務的な言葉をこちらに寄越した。

「じゃあ次、三浦《みうら》さん。続きからよろしくね」

その指示に、有紗が立ち上がった。私は横目で彼女の様子を窺《うかが》う。ピンと伸びた背筋。彼女が息を吸うのに合わせて、その腹部がゆるりと膨《ふく》らんだ。

「『己の場合、この尊大な羞恥心が猛獣だった。虎だったのだ』」

彼女の唇から発せられた声は、明らかに放送部用のものだった。教室の空気がざわつくのが分かる。しかしそんな周囲の反応なんぞ気にならないのか、有紗の背筋は真っ直ぐに伸びたままだった。

勝てない。そう、私は思った。

防音用の扉を開けると、靴箱にはピカピカの上履きが一足だけ入っていた。どうやら先客が一人いるらしい。誰だか考えることもせず、隣の列に自身のくたびれた上履きを突っ込む。深緑色のスリッパに履き替えると、私は奥にある放送室のドアノブを捻《ひね》った。

「『でも、伝えようとしなきゃ、なんにも始まらないんだよ』」

耳に飛び込んできた声音は確かな熱を孕《はら》んでいた。薄桃色の唇から零《こぼ》れた台詞が、年季の入った灰色のマットへ吸い込まれていく。目が合った。私は息を呑《の》んだ。透明なレンズ越しに、見開かれた瞳が見える。森唯奈だ、とそこで私は目の前にいる人物を認識した。

その小さな体軀《たいく》はまるで周囲から隠れるように、部屋の隅にぴったりと収まっている。文庫本を開いていた彼女は驚いたように硬直していたが、やがて睫毛《まつげ》をぱちりと上下させた。

「あー……その場面、いいよね。私も朗読するならそのシーンだなって思ってたんだ」

　本を指さし、とりあえずは当たり障《さわ》りのない言葉を投げかけてみる。気恥ずかしそうに目を伏せた唯奈のカッターシャツは第一ボタンまで律儀にとめられており、彼女の真面目な性格が窺えた。極限まで皮膚を隠したいのか、紺色のプリーツスカートは異様なほど長い。ブランドロゴの刻まれた黒のソックスとスカートとの隙間からは、ほんの少しだけ瑞々《みずみず》しい肌が覗いていた。

「私、宮本知咲。仲良くしてくれると嬉しいんだけど」

　膝を折り、唯奈の目線に合わせる。どうやら相当の人見知りらしく、彼女は「あ」とか「え」とかそんな短い声を漏らした。動揺しているのか、その視線はうろうろと宙を彷徨《さまよ》っている。柔らかそうな喉が、ひくりと震えた。

「せ、先輩ですよね。あ、私、あの、森です。あの、」

「森唯奈ちゃんだよね？　知ってる知ってる」

　こちらが頷いてやれば、唯奈は顔を赤らめたまま俯いた。その指先は落ち着きなく文庫本の端を摑んだり離したりを繰り返している。

「指定図書持ってるってことは、唯奈ちゃんは朗読部門に出るの？」

「あ、いえ、どっちにするか悩んでるところです」

「確かに悩むよね。まあ私は唯奈ちゃんの声はアナウンス部門向きだと思うけど」

「え、」

唯奈の唇がぴたりと止まった。

「先輩、私の声を聞いててくれたんですか」

「そりゃそうでしょ。可愛い後輩なんだから」

それは、反射的に出た台詞だった。唯奈がはにかむように口元を緩める。

「わ、わたし、嬉しいです。先輩、優しいですね」

優しい。その言葉に、私は思わず苦笑した。

——じゃあ、優しくない私のことは嫌いなの？

浮かんでくる疑念をぶつけたら、目の前の後輩はきっと私のことを面倒に思うだろう。だから私は何も言わない。優しい人間を装うのは、ぶつかり合うよりずっと楽だ。相手に合わせて自分の意見を胸中で握り潰してしまえば、皆が私のことをいい人だと評価する。

「先輩は朗読とアナウンスのどっちに出るんですか？」

澄《す》んだ双眸《そうぼう》が、私の顔を正面から映している。密集した睫毛は端まで黒く、そこに嵌《は》まった瞳はビー玉みたいにキラキラしていた。

「え、いや……」

咄嗟に私は言葉を濁した。バッグには本屋で買った薄っぺらい文庫本が入ったままだった。そこにはいくつもの付箋が貼ってあるし、ペンで書き込んだ跡もある。捨てきれない未練と執着が、ページの間に折り重なるようにして挟まっていた。

「私、先輩と一緒ならNコンも頑張れる気がします」

そう屈託なく告げる唯奈に、私はただ曖昧な笑みを返すしかなかった。

トイレに駆け込み、思いっきり息を吐き出す。置かれた芳香剤が周囲に甘ったるい香りを撒《ま》き散らしていた。鏡は水垢《みずあか》のせいで曇っていて、それがまたどうにも息苦しい。目を閉じると先ほどの唯奈の瞳が瞼《まぶた》の裏に浮かぶ。一年生の頃、きっと私は彼女と同じ目を持っていた。まだ何の挑戦もしておらず、無邪気に自分の才能を信じている目を。

高校一年生のNコンの本番で、私は緊張のあまり意識が飛んだ。ファイルに挟んだ原稿用紙は何度も見返していたはずなのに、その時には視界が真っ白になって一文字も見えやしなかった。手が震えて、吐き気がした。今すぐこの場から逃げ出したかった。震える指先に力を込める。真っ白な紙が手の中でくしゃりと音を立てた。声を出さなければ、そう思った。なのに、私は何もできなかった。気が付いたときには本番は終わっていて、顧問は労《いたわ》るように私の肩を優しく叩いた。そこに示された同情に、私は他者の目に己がひどく惨めに映っていることを悟った。

その後、有紗は完璧な発表を行った。決勝に進出し、そのまま全国大会行きを決めた。彼女は一位だった。県大会で一位。その輝かしい結果に、私は「おめでとう」と彼女に告げた。それは間違いなく本心だった。だけど同時に、本心とは程遠い感情でもあった。

私はそれまで、有紗より自分が劣っていると感じたことはなかった。もちろん、有紗が上手いことは分かっていた。だけど私だって彼女と肩を並べるくらいには上手い。そう心から信じていた。私は彼女をライバルだと認識していたし、彼女には負けたくないと思っていた。でも、現実はそうではなかった。なんのことはない、私と有紗は初めから対等ではなかったのだ。

あの本番以降、私が朗読の舞台に立つことはなかった。人前に出るのが恐ろしかった。有紗と比べられて、私の方が劣っているという現実を突きつけられるのが怖かったのだ。

会話を交わしたことをきっかけに、唯奈は私の後を追いかけてくるようになった。

どうやら随分懐かれたらしい。この日の練習でも、唯奈は私の顔を見るなりバタバタと駆け寄ってきた。まるで小型犬みたいだ。彼女の指先が私のブレザーの裾《すそ》をしっかりと摑んでいる。

「知咲先輩、あの、相談があるんですけど」

「さっすが。知咲ってば、もう森ちゃんの心をゲットしたのね」

有紗がケラケラと笑い声を上げる。身の置き場がないと感じたのか、唯奈は私の背に隠れた。

「もう、後輩をからかわないであげてよ」

「別にからかってないもん」

「はいはい」

私は後輩思いの優しい先輩の皮を被《かぶ》ると、唯奈の指を自分のブレザーから引き剝《は》がした。その冷えた手を握り、私は彼女に微笑み掛ける。

「ここじゃアレだし、ファミレスでも行く？」

こちらの問いに、唯奈は素直に頷いた。

私たちの通う高校のすぐそばには、チェーン店のファミレスがあった。ドリンクバーを頼めばいつまでも居座れるので、居場所のない学生たちの溜《た》まり場と化している。

私たちは入店するなり、一番奥にある席に座った。最も人目につかない場所だ。

「で、相談って？」

「原稿のことで悩んでるんです。どうしようかなって」

そう言って、彼女はトートバッグからピンク色のクリアファイルを取り出した。

「原稿を作るの、初めてで」

「唯奈ちゃん、結局アナウンス部門に出ることにしたんだ？」

「はい。知咲先輩が、私の声がアナウンス向きだって言ってくれたんで。私、知咲先輩にそう言ってもらえてすごく嬉しくて」

私の名前を、彼女は大切そうに何度も紡《つむ》いだ。宝物だと言ってガラクタを抱きしめる、幼い子供みたいに。なぜだか心臓の裏がざわついて、私は意味もなくグラスについた水滴を指の腹で押し潰した。

「それで、その原稿っていうのは？」

唯奈がおずおずと原稿用紙を差し出してくる。四百個のマス目は丸っこい文字でびっしりと埋め尽くされていた。書いては消してを何度も繰り返しているのだろう、紙面のところどころに鉛色の汚れが付着している。私はおしぼりで一度手を拭《ぬぐ》うと、汚さないように細心の注意を払いながらそれを受け取った。

「すごいね、全部自分で書いたんだ。唯奈ちゃんって中学から放送部？」

「い、いえ。高校になって、初めて入りました」

「へえ。なんで入ろうと思ったの？」

私の問いに、唯奈はごくりと唾《つば》を呑んだ。無防備に晒《さら》された喉が微《かす》かに震える。彼女は一度大きく息を吸い込むと、勢いに任せて言葉を吐いた。

「伝えたいことを伝えるのが、へたくそだからです」

そうなの？　と、私は小さく首を傾《かし》げる。唯奈は顔を赤らめたまま、そうです、と頷いた。

「私、昔から自分の気持ちを伝えるのが、その、苦手で。だから、そんな自分を変えたいと思ったんです。人前で話す練習をすれば、私も変われるんじゃないかって、そう思って」

「変われそう？」

「わかんないです。でも、私、こうやって誰かに伝えるために自分で文章を書いたり直したりするのって初めてで。なんか、頑張りたいなって、そう思ってます」

唯奈の指が、落ち着きなく自身の前髪に触れた。透明なレンズ越しに、彼女の長い睫毛が上下するのが見える。唯奈はグラスに入った水を一気に飲み干すと、それから言った。

「先輩はNコン、どうするんですか?」

その問いに、私は一瞬言葉を詰まらせた。紙ナプキンを一枚手に取ると、くしゃくしゃと丸める。手の中にある乾いた紙の塊を、私はそのまま押し潰した。

「出るつもりはないんだ」

「なんでです?」

「うーん、なんとなくかな」

曖昧な微笑。曖昧な返事。私が他者に見せる感情はいつだって、水で薄めた絵の具みたいに芯《しん》がなくてぼんやりしている。他人に本音を見せるのが恐ろしくて、だからこんな風にめいっぱい希釈した言葉しか私は相手に伝えられない。

一瞬だけ、唯奈の表情に影が過ぎった。彼女は自分を励ますように、ぎゅっと拳を握りしめた。

「でも、私、先輩が一緒にNコン出てくれたら嬉しいです。私、放送部で他に仲いい人もいないし。だから先輩だけが頼りなんです」

「そう言ってもらえると、なんか照れるね」

先輩だけ。その言葉に、私は無意識のうちに頰が緩むのを感じた。良い先輩を演じられていることを素直に喜ぶ自分がいる一方で、脳の奥にいるもう一人の私がそんな自身を嘲笑する。

——本当は、自分だけを頼ってくれるなら誰でもいいんだ。他人から求められることで、自尊心を満たしてるだけなんだよ。

膨れ上がった自意識が、私の首に手を掛ける。これがお前の本音だろうと、切り捨てたはずの感情を私の眼前に突き付ける。

それを見ないフリをして、私は目の前の後輩に話し掛けた。

「でも、せっかくだし他の部員とも喋《しゃべ》ってみなよ。みんな唯奈ちゃんと仲良くなりたがってるよ」

彼女は狼狽《うろた》えたように視線を右へ左へと彷徨わせていたが、やがて観念したのか、こくりと首を縦に振った。

「先輩が言うなら、頑張ってみます」

チクリと胸に走った痛みは、きっと私の気のせいだった。

帰り道。夕日は既に沈もうとしていた。藍色の空の裾を橙色の光が惨めったらしく摑んでいる。原稿の端を握ったまま、唯奈は添削された部分を嬉しそうに何度も指でなぞっていた。赤いボールペンで偉そうに書き込まれた文字は、すべて私のものだった。これまでの部内練習で先輩から口を酸っぱくして言われてきたことを、そのまま私も唯奈へ伝えた。アナウンス部門では原稿の出来も重要だ。「抑揚のつけ方や言い回し」をいくつも試し、一文字一文字を推敲していく。単語の横に引かれた青い波線はアクセント注意のマークだった。

「先輩、今日はありがとうございました」

唯奈がはにかみながら、しかしはっきりとした声で私に告げる。彼女の声音は耳に入った途端、溶けるように私の意識へと馴染んでいった。

「ふふ、大したことしてないよ」

「そんなことないです。私、先輩には本当に感謝してるんです。先輩に会えたから、放送部に入って良かったなって、本気で思ってるんですから」

熱っぽく語る唯奈に、私は思わず吹き出してしまう。大袈裟すぎない？　と尋ねるが、彼女は真面目な顔でその言葉を否定した。

「私、意気地なしだから。誰かから優しくされるのを待っちゃうんです。他の一年生の子たちは中学の頃からの友達だったみたいで、なんかうまく溶け込めなくて。だからスタジオとかでは一人で練習してたんです。録音練習なら、友達がいなくても自分でチェックできるから」

「あー、だからいっつも声録《と》って練習してたんだ？」

「はい。けど、最近は先輩がいるから、毎日練習に行くのが楽しいです」

ストレートな感情をぶつけられ、一瞬息が詰まった。唯奈の背筋はぴんと真っ直ぐに伸びていて、その目は前だけを向いていた。新品同様の彼女のローファーが、力強くアスファルトを蹴る。唇から覗く白い歯がなんだか眩しくて、私は思わず目を伏せた。

「あ、」

横断歩道に差し掛かったとき、唯奈が慌てたように声を発した。歩行者用の信号機が、青い光を点滅させている。思わず足を止めた私とは対照的に、唯奈はぱっと駆けだした。引かれた白線を軽やかに踏み、彼女はそのまま向こう側へと渡り終えた。

振り向いた彼女が、無邪気に私へ問いかける。長い髪がさらりと翻《ひるがえ》るのが、まるでスローモーションのように見えた。

「先輩、こっち来ないんですか」

信号が赤に変わる。車は来ない。しんと静まり返った道路を挟み、私と唯奈は見つめ合った。鞄がやけに重い。吹き抜ける風は生ぬるく、私をひどく不快にさせた。

「うん、まだ」

私は、足を踏み出せなかった。

その日は朝から雨だった。湿気を孕んだ空気は重く、陰鬱な色をした雲が空の大半を占めている。放課後になっても雨は降り続いており、窓ガラスにはいくつもの水滴が張り付いていた。

古典単語の再テストを命じられた私は、放課後練習に遅れて参加することになった。スタジオの扉を開けると同時に、こもった熱が外へと押し出される。吐き出された空気に紛《まぎ》れる笑い声は、なんとも楽しげなものだった。

「唯奈ちゃんって、話してみると結構面白いね」

「もっと前から話しておけば良かった」

輪の中央で、唯奈が恥ずかしそうに俯いている。それを取り囲む部員たち。どうやら唯奈はメンバーと打ち解けられたようだ。そう認識した瞬間、ギシリと心臓が軋《きし》んだ。

「あ、知咲先輩」

こちらの存在に気付いた後輩たちが、慌てたように挨拶を寄越す。それに手を振って応えながら、私は唯奈の傍《かたわ》らに立った。

「良かったね」

唯奈は一瞬だけ動揺したように眼を見開いたが、やがてふにゃりと相好を崩した。

「ありがとうございます、先輩」

「別に、私は何もしてないよ」

そんなことないです、と唯奈は首を横に振った。いつもは空白のその肩の上を、後輩の小さな手が当たり前みたいな態度で占領している。昨日まで、それは私だけのものだったのに。

「ねえねえ、知咲。話してるとこ悪いんだけど、ちょっと用があるんだ」

トントンと肩を叩かれ、私は顔だけを手の持ち主へ向ける。案の定、そこにいたのは有紗だった。彼女の細い首にはいくつものストップウォッチが掛けられている、おそらく先ほどまで時間を計りながら練習していたのだろう。いいよ、と私が答える前に、有紗は既に動き出していた。いつだって、彼女は私よりも前を歩くのだ。

半ば引きずられるようにして有紗に連れてこられた先は、無人の放送室だった。そこに入るなり、有紗は珍しく真面目な面持ちで私にストップウォッチの束《たば》を押し付けた。なに、と当惑の声が口を衝いて出る。それでも有紗の表情は変わらなかった。

「これ、アンタに預ける」

「どういうこと？」

「私ね、休部しようと思うんだ」

「は？」

早く受け取れと言わんばかりに、有紗は手を突き出したままだ。その背後の壁には我が放送部がこれまで獲得してきた多くの賞状が吊《つ》るされている。その中にはもちろん、過去二年の有紗のものも混じっていた。

「意味がわかんない。説明してよ」

平静を繕《つくろ》ったはずの自身の声が、上擦ったのが気に食わない。有紗の手が震える。

「お父さんの病気が悪化しちゃったの。だから、しばらくは部活を休んでそばにいたいって思って。お母さんは働いてて忙しいし、面倒見る人がいないから」

ずっと前から休部するか悩んでたの。そう捲《まく》し立てるように言葉を紡ぎ、彼女は私から眼を逸らした。

「なにそれ、聞いてないよ。大体、Nコンはどうすんの」

「……ごめん」

「ごめんって何。そもそも、なんで相談してくれなかったの」

「だって、迷惑かけたくなかったから」

「迷惑って、なにそれ」

胃の中がぐらぐらと沸《わ》き立つのを感じた。衝動的に距離を詰め、私はその胸倉を掴み上げる。そのまま壁に押し付けても、有紗は顔を逸らしたままだった。

「おかしいと思ったんだ。この部はあの子にかかってるなんて、いつもの有紗なら絶対言わない。私が部を引っ張ってくから大船に乗ったつもりでいろ、みたいなこと言うはずだもん。有紗さ、最初からNコン出ないつもりだったんでしょ。だから唯奈ちゃんの面倒を見ろって私に言ったんだ。あの子は上手いからNコンでも上位を狙える、部に馴染めないって理由で途中で辞められるわけにはいかなかった。だから、アンタは私を利用して唯奈ちゃんをこの部に繋《つな》ぎとめようとしたんだ。……違う？」

「言い方に悪意があるよ。私はただ、安心して部活を抜けたかっただけ。結果を出せなきゃ、OGとかに悪いじゃん。森ちゃんだったら確実に結果を出せると私は踏んでる」

「なんでもっと早く言わなかったわけ。ちゃんと言ってくれたら私だって有紗のために結果出そうって頑張ったよ。それとも何、私じゃ頼りにならないって言うの」

「実際そうでしょ」

声を荒らげた私に、有紗はひどく冷静な声で告げた。鍛えられた声帯を震わせ、彼女は美しい声色で残酷な台詞を吐く。

「知咲ってば、一年生の頃に失敗してからずっと本番を避けてるし。今年だって出る気なかったんでしょ？　そんな子をどうやって頼るの？　いつ逃げ出すかわかんないのに」

核心を突かれ、私はぐっと息を呑む。短い前髪を指先で払い、有紗は真っ直ぐにこちらを見た。凪《な》いだ水面のような双眸に、醜い表情をした私の顔が映っている。

有紗は言った。

「アンタは意気地なしだよ。ずっとずっとそう。傷つくのが怖いから逃げてるだけ。自分に居心地のいい場所に引きこもって、そのくせ他人の功績ばっかり羨《うらや》んでる。高いプライドを飼い慣らせなくて、なのに現状で満足してるってフリしてる」

――アンタさ、本当は私に勝ちたいんでしょ。

彼女の唇から発せられた言葉が、私の頭をガツンと殴った。手から、だらりと力が抜ける。自身の心臓の音が、やけに鼓膜に響いていた。視界が滲む。しゃんと背筋を伸ばす有紗はいつだって凜々《りり》しくて、それが私をより一層惨めな気分にさせた。

「ずっと、そう思ってたんだ」

有紗は何も言わなかった。その手に握りしめられた、いくつものストップウォッチ。止まったままの時間を握りしめ、彼女はこちらを見つめている。

「……もういいよ。もう、いい」

私の言葉に、有紗の喉がひゅっと鳴った。切り捨てたのは向こうのくせに、その顔は今にも泣きそうに歪《ゆが》んでいた。いつも笑っている彼女のそんな表情を、私はこの時初めて見た。罪悪感が心臓を握り潰し、そのまま私を殺そうとする。

その場にいられなくなって、私は放送室の扉を開いた。部屋を後にしても、有紗は声すら掛けてこなかった。制止の声を待ちわびる自分の未練がましさが嫌になる。

「最悪」

呟いた声がぽつりと上履きの上に落ちる。白い生地に、水滴にも似た染みが広がった。

「……先輩？」

ふと声が聞こえ、私は顔だけをそちらに向けた。スタジオ側の扉から顔を出したのは、唯奈だった。彼女は私の異変に気が付いたのか、心配そうに近付いてくる。

「大丈夫ですか？」

問い掛けに、私は何も答えなかった。その反応を訝《いぶか》しく思ったのか、唯奈が困ったように眉尻を下げる。彼女の純粋な優しさが、今の私には煩《わずら》わしかった。その柔らかな心を感情のままに傷付けてやりたい。理性が働く前に、激しい衝動が私の舌を支配した。

「うるさいなあ」

口から飛び出した声は、自分のものとは思えないほど低かった。怯《おび》えたように、唯奈がビクリと身を震わす。その反応にますます苛立ち、私は大仰に舌打ちをした。

「アンタには関係ないじゃん、ほっといて」

唯奈の瞳が大きく見開かれる。こちらとの距離を取るように、彼女は一歩後退《あとずさ》りした。これが、私と唯奈の本当の距離。唯奈が私を慕ってくれていたのも、所詮《しょせん》は私が優しい先輩を演じていたからだ。

「先輩、私は――」

「私のことなんてどうでもいいでしょ。唯奈ちゃんにはもう、他にも友達がいるんだからさ」

悲鳴にも似た唯奈の台詞を遮り、私はそう吐き捨てた。振り返ることなく、一目散に廊下を走り抜ける。後ろから唯奈の声が聞こえてきたが、それもすべて無視した。逃げ出したかった。過去からも、現在からも。

上履きのまま、私は駆けた。校舎に充満する湿った空気を吸うことすら耐えられず、私は学校を抜け出した。雨足は強くなる一方だったが、それでもかまわなかった。雲から滴り落ちる涙が、私のシャツを一瞬で濡らす。カッターシャツがじっとりと貼り付き、白の布地からは肌の色が透けていた。びしょ濡れのまま制服姿で駆ける女子高生に、周囲から奇異の視線が突き刺さる。

「――はぁっ、」

息が切れ、私は人気のない公園で立ち止まった。誰もいない噴水の前に蹲《うずくま》り、そのまま深く息を吸い込む。水分を含んだ空気はじっとりと重く、肺に鉛を流し込まれたような、そんな気分になった。熱に浮かされた脳が、冷静さを取り戻す。沈黙した脳内で、唯奈の傷付いた表情が蘇《よみがえ》った。馬鹿だ、私は大馬鹿だ。心配してくれた後輩に、あんな八つ当たりをするなんて。

――アンタさ、本当は私に勝ちたいんでしょ。

有紗の声が、耳元で蘇る。私は唇を噛《か》み締め、ぎゅっと目を瞑《つむ》った。そうだ。私は有紗に負けたくなかった。だから有紗の前で無様な姿を晒したあの日以降、本番から逃げるようになったのだ。注目されるのが怖かった。恥をかくのが怖かった。また失敗して、有紗から見下されたらどうしようって、それぱかりを考えていた。だって、私は有紗と対等でありたかったから。

今になって気付いた。私が怖かったのは、他人からの視線じゃない。有紗から自分がどう見られているのか、それぱかりを気にしていた。先ほどの傷付いた有紗の顔を思い出す。有紗だって、本当はあんなことを言いたくなかったに違いない。放送部を、朗読を、彼女はこよなく愛していた。きっと休部だってしたくなかったはずだ。そんな彼女にあんな顔をさせたのは、他でもない私だった。

「『でも、伝えようとしなきゃ、なんにも始まらないんだよ』」

唇からこぼれたのは、お気に入りの台詞だった。そうだ。最初から分かっていた。伝えようとしたって、伝わらない時がある。だから、ちゃんと手を伸ばさなきゃいけなかったのに。私はいつだって逃げてばかりだ。自分の自尊心だけが大切で、傷つくことが怖くて、そのせいで大事なものを見失う。

「ほんと、最低だ」

目頭が熱い。言葉が嗚咽《おえつ》となって、私の喉を震わせた。何を叫んだって、雨音で何も聞こえやしない。冷え切った指先を握りしめ、私は世界から身を守るように背中を丸めた。有紗のことが好きだから、だからカッコ悪い姿を見せるのが怖かったんだよ。そう、素直に言えばよかった。今さら後悔したって遅いけれど。私はゆるやかに瞼を閉じる。もう、何も考えたくなかった。

「先輩、」

ふと、世界から雨の音が消えた。女子にしては低い声が、私の耳元をくすぐった。温かな何かが私の手を優しく握る。冷えた皮膚越しに感じるじんわりとした熱に、私はゆっくりと顔を上げた。

「先輩、ここにいたんですね」

そこに立っていたのは、唯奈だった。随分と走り回ったのか、その肩は激しく上下していた。透明なビニール傘の端には黒い猫のマークが描かれており、そこを伝う雨がざあざあと地面に流れ落ちている。彼女は私へ傘を差しだすと、今にも泣きだしそうな顔で言った。

「良かったです、生きてて」

その声があまりにも切迫していたものだから、私は思わず口元を緩めた。死ぬわけないよ。そう言おうとしたはずなのに、声は喉に張り付いてほとんど出てこなかった。さっき私が身勝手に振り払ったはずの手が、真っ直ぐにこちらへと伸びてくる。彼女の手は、私を求めていた。私だけを求めていた。伝わる熱が、私の意識を溶かしていく。皮膚越しに感じる熱が、今この世界で私が唯一信じられるものだった。

唯奈は縋《すが》りつくように私の背に腕を回すと、そのまま声を上げて泣き出した。

「死んじゃうかと思いました。先輩、ひどい顔してたから」

「そんなわけないじゃん」

今度はうまく声が出た。あやすように、私は彼女の背中を優しく撫《な》でる。唯奈の手から落ちた傘がばしゃりと水たまりの上に落ちた。それでも、唯奈は私から手を離さなかった。

「駄目だよ、放送部が身体冷やしちゃ。風邪ひいたら喉やられるよ」

「それはこっちの台詞です」

彼女は乱暴な動きで自身の目を擦《こす》ると、ようやく私に抱き付くのをやめた。離れていく熱に未練を感じている自分の弱さに、無意識の内に苦笑する。唯奈は唇を噛んだまま、握りしめていた拳を開いた。

「有紗先輩が心配してました。他の部員たちに知咲先輩を探すように頼んでて、それでみんな、先輩のこと探してるんです」

「有紗が私の心配を？」

「言いすぎちゃったって言ってました。先輩、元気なかったです」

彼女は捲し立てるようにそう言って、それからそっと踵《かかと》を上げた。私より拳一つ分低い場所にある彼女の目が、対等な視線を投げ掛けてくる。

「私、先輩のことをどうでもいいとか絶対に思わないです。先輩は自覚ないかもしれないですけど、初めて先輩が私に話し掛けてくれたとき、私、すっごく嬉しかったんです。だから、他に友達ができても知咲先輩は特別だし、私はどんな先輩でも好きでい続けると思います」

そこで唯奈は一度言葉を切った。必死に話す彼女の目は真剣そのもので、そのがむしゃらさが今の私にはひどく心地よいものに思えた。

「正直に言って、私ちょっとだけほっとしたんです。知咲先輩っていつも優しいけど、なんか心に距離があるみたいに思ってたから。でも、私にほっといてって言った時の先輩の顔、すっごく苦しそうで、私が初めて見る顔で。もしかしたら弱いとこを見せてくれたのかなって思って、そしたら、私いっつも先輩にもらってばっかだったから、今ぐらい頑張らなきゃって。私、好きだってちゃんと伝えようと思って。先輩のこと大好きで、だから力になりたいって。ちゃんと伝えなきゃって、そう思ったら、気付いたらここにいたんです」

言いたいことを全て言い終えたのか、彼女はすっと口を噤《つぐ》んだ。その顔は真っ赤で、それが走り回ったせいなのか、それとも興奮しているせいなのか私には分からなかった。ただ一つ分かっているのは、私の顔もきっと赤いであろうということだけだった。恥ずかしさを誤魔化すように、私は乱暴に彼女の髪をかき混ぜた。胸の奥が温かくて、なんだか脳が蕩《とろ》けてしまいそうだった。誰かに求められるということは、こんなにも幸福なことなのか。そう思った途端、本音が口を衝いて出た。

「私、臆病者だった。伝えることから逃げてても、なんにも始まらないのにね」

自嘲交じりにこぼした言葉に、唯奈が驚いたように瞳を揺らした。目の前にいる二つ年下の少女は、こんな身勝手な先輩の為に勇気を振り絞ってくれた。彼女は私を受け入れてくれた。本当は、ずっと前からそうすべきだったんだ。現実の自分を受け入れて、前に進まなきゃならなかった。

私は地面に落ちている傘を拾い上げると、それを唯奈へ差し出した。

「唯奈ちゃんは偉いね、ちゃんと伝えようとして」

「え、いや、別に偉いとかじゃないです」

　今までの言動が恥ずかしくなったのか、唯奈はわたわたと首を左右に振った。その長い前髪が動きに合わせて揺れるのが何とも可愛らしくて、私は声を出して笑った。

「ありがとね。私も、勇気だしてみる」

　まずは有紗に自分の気持ちを伝えなきゃなあ。そう呟いた私に、唯奈はほっとしたように頬を緩めた。

「二人がいつも通りじゃないと、みんな心配しちゃいますから」

「ごめんね。先輩の喧嘩《けんか》に巻き込んで」

「全然いいです、むしろもっと頼ってくれてもへっちゃらです」

　そこで、ふと唯奈の視線が私の胸元で止まった。彼女は傘の柄《え》を握りしめたまま、あの、と恥ずかしそうに口を開く。

「先輩、下着透けてます」

「まじか、最悪」

　だが、ここまで濡れていたらそんなのは今更な気がする。自分の姿を見下ろしてみると、シャツはぐしょぐしょだし、上履きだって泥だらけだった。目の前の唯奈も似たようなもので、その髪はびしょびしょだ。お互い馬鹿なことしてるな。そう思うと急にすべてが可笑《おか》しくなって、私は衝動のままに笑い声をあげた。

「あめんぼ　あかいな　アイウエオ！」

いきなり大声をだした私に、唯奈が眼を見開いた。綻《ほころ》ぶその唇から、ポップコーンみたいな笑いが弾けた。

「うきもに　こえびも　およいでる！」

唯奈が楽しげに続ける。大きい声を出すと、胸の中でもやもやと渦巻いていたものがスッと晴れていくような気がした。そうだ、私は声を出すのが好きだ。誰かの言葉を、自分の声に乗せるのが好き。自分の言葉を積み上げて、それを誰かに伝えるのが好き。全部、本当は好きなのだ。ただ、怖いことから逃げていただけ。

眼前には横断歩道。信号機が青い光を点滅させている。私は唯奈の手を取ると、躊《ちゅう》躇《ちょ》なく駆け出した。上履きが水たまりを踏みつけ、ばしゃりと水が飛び散った。

白線に足を踏み出し、私は言う。

「私、Ｎコンに出るよ」

道を進む二人の背は、どちらも真っ直ぐに伸びていた。

赤点と二万

「テストを返却しまーす。名前を呼ばれた人から取りに来て」

　生物担当の女教師が黒板の前で手を振っている。机に突っ伏していた面を上げ、私は凝り固まっていた唇をもごもごと動かした。

　自称進学校である我が校では、三年生になると定期テストの大半が模試の過去問となる。入試対策に力を入れているせいだ。学級文庫の多くは有名大学の赤本で占拠されているし、校外で行われる模試はほとんど強制的に参加させられる。

「辻脇《つじわき》さん……辻脇菜奈《なな》さん！」

「はーい」

　名を呼ばれ、私はわざと緩慢に席を立った。周囲の生徒たちは返却された解答用紙を互いに見せ合っている。だが、その結果を深刻に受け止めている者はいない。一般入試の場合、内申点は合否に関係ないことがほとんどだ。つまり、通知表の成績がいくら悪くなろうとも問題ない。

「辻脇さん、また勉強しなかったでしょう」

はい、と先生が手渡してきた解答用紙には、赤インクでハッキリと数字が刻まれていた。七点……もちろん、百点満点のテストの話だ。

「だって、入試で生物いらないし」

「そうは言っても赤点はまずいわよ。補習決定ね」

「あーハイハイ。いつものやつね」

「先生としてはいつもってことが嘆かわしいんだけどね。せめて赤点は回避できるよう、もう少し頑張って」

「了解です」

小言を聞き流しながら、私は逃げるように席へ戻る。生物が嫌いというわけではない。ただ、私の受験には一切必要のない科目なだけで。

「受験まで一年を切ったんだから、貴重な時間が勿体《もったい》ないよね」

唇を尖《とが》らせた私に、隣に座る宮本知咲が呆れたように肩を竦《すく》めた。

「そうは言っても、赤点続きはまずいんじゃない？　一学期の評定、一になっちゃうよ？　最終評定が一だったら留年らしいじゃん」

「大丈夫大丈夫。補習さえでれば留年は回避できるから」

「菜奈が平気ならいいんだけどね？」

少し困ったように笑う彼女とは、中学時代からの付き合いだった。帰宅部で暇な時間を持て余している私とは対照的に、知咲は三年生になっても放送部で活動している。真面目でいい子、型にはまった優等生。それが、私が抱く知咲の印象だった。

「――長谷部《はせべ》君」

先生の解答用紙の返却は未だに続いていた。はい、と立ち上がった男子学生は、我が校の誇りと名高い長谷部光《ひかる》だった。一年生の時から模試では一位、有名大学の志望校判定は軒並みA判定。まるで漫画のキャラクターみたいな、模範的な成績優良児だ。少し潰れた鼻の上にある、強すぎる乱視を矯正するための分厚い眼鏡。真っ白なカッターシャツに包まれたその背中は、緩やかに丸みを帯びていた。

「どうしたの、今回は」

そう問いかける先生の表情からは、彼を心配する感情がひしひしと伝わってきた。長谷部君がこんな風に言葉を掛けられるなんて珍しい。周囲の生徒たちもざわついている。もしかして、ケアレスミスでもして減点を食らったのだろうか。

解答用紙を受け取りながら、長谷部君はどこか照れたように頰を搔いた。

「いえ、特には」

「長谷部君自身が何もないって言うなら、先生も何も言わないけど。ただ、三年生だっていうのに気を緩め過ぎじゃない？　今回の結果は、親御さんにも伝えるからね」

「分かってます、もちろん」

「次のテストからはちゃんとやるのよ」

先生の掌《てのひら》が、長谷部君の丸まった背を叩いた。背筋を伸ばし、長谷部君は丁寧に用紙を折りたたむ。その肩を、近くにいた男子生徒の右手が捉えた。親しげな仕草で腕を回し、彼は長谷部君に声をかける。

「何があったんだよ」

その問い掛けは、聞き耳を立てているクラスメイト全員の心を代弁していた。長谷部君が穏やかに微笑する。頬肉が動き、その柔らかな涙袋が押し上げられた。なんでもないよ、と彼は普段と何ら変わらぬ声で言う。

「ただ、赤点を取っただけ」

放課後のグラウンドは、いつだって活気に溢《あふ》れている。サッカー部、野球部、ハンドボール部。多くの部活が混在する空間で、今日の主役は陸上部だった。楕円形に描かれたトラックの中で、二本脚のバネがぴょんぴょんと跳ねている。ハーフパンツから覗く彼らの足はすっかり日に焼けていた。

「…………」

気まずい、と本音が口に出そうになったところを慌てて呑み込む。室内に充満した沈黙が、私の背中にのしかかる。窓際と廊下側、教室の一番端と端に、まるで離れ小島のように私と長谷部君は座っていた。赤点の補習のためだ。普段ならば教室でダラダラと駄弁《だべ》っている生徒たちも、この異質な空気を察してか早々に帰宅してしまった。

ガリガリガリ。シャープペンシルの先端が、プリント越しに机を引っ搔く。補習対象者に課せられたプリントの山は、とてもじゃないが一日で終わる量ではない。長谷部君ほどの頭の良さならすぐにでも片付けられるのかもしれないが、と私は顔だけを彼の方へと向ける。視線に気付いたのか、一心不乱にペンを走らせていた長谷部君の手が止まった。俯いていた横顔がゆっくりと上がる。

視線がかち合う。

透明なレンズ越しに見えるせいか、長谷部君の目はどこか遠くにあるように思える。水族館の水槽のガラス壁みたいだ。

「……どうしたの？」

不思議そうに、長谷部君が小首を傾げた。クラスメイトではあるが、彼と一対一で話すのはこれが初めてだった。

「あ、いや、赤点の補習が一人じゃないの、初めてだから。緊張して」

「あー、僕のせい？」

「せい、とか。そういうつもりで言ったわけじゃないけど」

なんだか会話がぎこちない。探り探りの言葉の応酬は、親しい友人を相手にしたときの数倍疲れる。それでも純度百パーセントの沈黙よりは、余所余所しい会話の方がよっぽどマシだ。

「プリント、まだ掛かりそう？」

私の問いに、彼は積まれたプリントの端を捲り上げた。

「全然掛かる。補習課題って、結構量あるんだね」

「長谷部君は補習受けたの初めてなんじゃない？」

「うん、これが初めて」

「なんで赤点だったの？　正直、長谷部君だったら学校のテストぐらい余裕で満点取れるでしょ」

「そんなことないよ。満点なんて、なかなか取れるもんじゃないし」

「信じらんない」

「本当だよ。全部間違えないって難しいから」

ふふ、と彼の唇から吐息が零れる。張りつめていた空気が和らいだのを肌で感じた。遠慮がちに伏せられた細い睫毛の頼りなさが、私の心臓をくすぐった。

「辻脇さんはよく赤点取ってるよね」

面と向かって言われると、少し自分がみっともない。込み上げる羞恥心を隠すように、私はプリントで顔の下半分を覆った。

「一応言っておくけど、生物限定だからね」

「生物、嫌いなの？」

「嫌いっていうか、私にとっては時間の無駄だから。受けようと思ってる学校、そもそも生物も化学もいらないしね。要るのは三教科だけだし」

「私立？」

「そういうこと」

爪先を上げ、私は大きく足を揺らす。長谷部君はきっと、国立大学に進学するのだろう。それも一流の。

長谷部君の手には、木製のシャープペンシルが握られている。普通の文房具屋で買ったにしては、ちょっとだけ高そうなやつ。パリッと糊《のり》のきいたカッターシャツだってくるぶしを覆う靴下だって、長谷部君の所持品はその全てが丁寧だなと感じる。あからさまに高価だと分かるブランドものではなく、生活の質の高さを遠回しに感じさせるような、ちょっといい物。まるで長谷部君そのものみたいだ、と思う。

「ずっと思ってたんだけど、長谷部君ってなんでこの学校に来たの？」

「なんでって、なんで？」

「だってさ、もっといい高校にもいけたでしょ」

平均よりは良いけれど、最高というにはほど遠い。他人よりは優れているという自負を持ちつつも、名も知らぬ誰かに対して劣等感を覚えている。この学校にいる生徒たちは、そういう人間ばかりだ。凡庸と優秀の境目を漂って、自分の立ち位置をつかみ損ねている。

「辻脇さんはなんでウチに来たの？」

長谷部君の瞳が、じっとこちらを見つめていた。窓から差し込む光が私の体に遮られ、大きな影となって彼の体を呑み込んでいる。

「私は、普通に第一志望だったから。私の通ってた中学だと、そこそこ頭いい子はみんなウチを受けてたんだよね」

「僕の中学もそうだったよ」

「でも、長谷部君はそこそこってレベルじゃないじゃん」

ははは、と彼は笑った。誤魔化すような、社交辞令的な笑い方だった。私は指で前髪をすくうと、そっと耳の後ろに押しやった。一対一で話すのが初めてだと言っても、彼についての情報が全くないというわけではない。なんせ同じクラスなのだ。日頃の態度と噂から、その内面は推し量れる。

長谷部君は温厚な人だった。声を荒らげることもないし、ムキになることもない。友人たちに勉強を教えることもあるが、頭の良さを鼻に掛けない。人望アリ、積極性ナシ。委員会にも部活にも入らず、帰宅部の日々を謳歌《おうか》している。どうやら入学時から部活に入るつもりはなかったらしく、一年生時にクイズ研究会の熱心な勧誘を断り続けたという噂は有名だった。長谷部君は良い人だ。多分、彼を知る人ならみんなそう言う。でも、その根底にあるのが純粋な優しさかどうかは、私にはよく分からない。

「ウチの学校って、県内の上位十校には入ると思うけど、でも、絶対に一位じゃない。長谷部君だったら一位の学校でも通用する学力だと思うんだけど、なんでウチに来たのかなって」

「受けてないから受かるかは分からないけどね。ただ、受かる力があることと実際に通うことは別物かなって」

「それはまあ、確かに」

これは私の勝手な予想だけれど、長谷部君は自分よりも格下の人間の中でないと活躍できないタイプだ。自分でもそれが分かっているからこの学校にやって来た。そういうタイプの人間は特に珍しくない。上位集団の中に混じって自分が賢いというアイデンティティを見失うくらいなら、少しレベルを下げてトップの座を保持した方が三年間を有意義に使えるというものだ。自身の能力を最大に発揮できる場所を把握している人間は強い。大抵の人は、無理して背伸びをしがちだから。

「頭いい人って、すごいなって思うけどね」

「別に、僕は頭がいいってわけじゃないから」

「そこまでいくと謙遜っていうより嫌味だね」

何気なく放った言葉に、一瞬だけ長谷部君の顔が強張った。首筋から出っ張る喉仏がぎくりと震える。

「あ、ごめん。本気で言ったわけじゃないよ」

慌てて謝罪すると、長谷部君は静かに首を左右に振った。

「こちらこそ、なんかごめん。上手く返せなくて」

「いやぁ、謝られるとますますごめんって気持ちになるんだけど」

「そっか……。なんか、人間と会話するのって難しいな」

「その言い方だと普段は人外と会話してるみたいだね」

「そういうわけでもないんだけど。こう、人見知りだから。あんまり普段喋らない人としゃべると、いっぱいいっぱいになるというか」

「わー、奇遇。私も人見知りだよ」

「どこがなの。俺、『わー』とか言う人見知り見たことないよ」

ぽろりと漏れた一人称は、きっと無意識だったのだろう。吐息に混じる笑みの気配に、私の心臓が大きく跳ねた。幾重にも被さった彼の温厚な皮を、玉ねぎを剝ぐみたいに一枚一枚剝がしてやりたい。最後まで手を動かせば、そこに残るのは彼の空虚な本性だろうか。

「僕ね、本当に頭がいいわけじゃないんだよ」

「えー、まだ言う？」

「本当なんだって。ただ、ステータスが偏ってるだけ。そうだなー、辻脇さんはゲームとかやる？」

「たまにって感じかなぁ、スマホのやつならやるけど。パズルゲーとか」

スマホゲームをするのは大抵通学時間だ。英単語や古典単語を覚える合間に、ゲームを起動させることだけは毎日欠かさず行っている。ゲーム画面を開くと、ログインボーナスというささやかな特典がもらえる。別にそこまで嬉しい内容でもないのだが、うっかりもらいそこなうと自分だけが損をした気分になって苛々《いらいら》してしまうのだ。

「そういうのじゃなくて、RPGとかさ。経験値によって能力を自分で割り振っていくゲームあるでしょ？　攻撃、素早さ、運、防御、魔法、みたいな」

「あー、大体わかった。私、絶対そういう時は攻撃に特化しちゃう。あれって結構性格出るよね。友達はバランスよく割り振るタイプだけど」

ちらりと脳裏を掠《かす》めたのは知咲の顔だった。彼女は全ての物事に対して平均点以上を取りたがる。

「あれをもし現実に当てはめたらさ、たぶん、運動とかコミュ力とか、学力ってステータスになると思うんだよね。で、僕はそういうパラメーターが、学力だけぐんって伸びてるの。他のものは全然ダメ。特に運動能力なんて皆無だよ、大嫌いだもん」

確かに、長谷部君は体育の授業になるといつも隅の方にいる。毎年冬に行われるマラソン大会では、足が遅い女子グループに混じって辛《つら》そうな顔で走っていた。

「私も運動は嫌だよ。なんで汗かいて苦しまなきゃいけないのか理解不能だし。ウチの学校ってそういう子の方が多い気がするけど」

「でも、小学校とか中学校って、体育が出来なきゃ人権がない感じしなかった？」

「あー、それは分かる」

「だけどこの学校はそうじゃない。勉強さえできれば、みんなが尊重してくれる。だから、生きてて少し楽だよ。勉強が好きって、恥ずかしいことじゃないんだなって思えるし」

おお、と思わず声が漏れた。好きとか生きるとか、そういう気恥ずかしさを含んだ言葉って、口にされるとずしりとくる。生々しい質感を掌の中で弄《もてあそ》んでいると、うっかり壊してしまいそうだ。

長谷部君はくしゃりと笑った。目尻が引っ張られ、瞼のふちが優雅に歪む。

「自分の好きなことを好きだって言えるの、当たり前じゃないなってたまに感じるんだ。僕は意気地がないから、こうやって普通のことを普通に言えるってだけでほっとする」

「普通かぁ」

「普通だよ。勉強が好きって、すっごく普通。ゲームが好きとか、サッカーが好きとか、そういうのと同じ」

長谷部君にとって、勉強とはそういう存在なのかもしれない。ありふれた趣味のうちの一つで、偶然それに適応する能力があった。ただ、それだけのこと。

壁に設置されたスピーカーから、規則的なチャイムの音が流れてくる。顔を上げた私に、長谷部君は「帰らなきゃね」と呟いた。私のプリントは、まだほとんど手が付けられていなかった。

「この量じゃ明日も補習だね」

紙の端と端を合わせながら、長谷部君は眉を寄せた。彼のプリントの束もまた、半分以上は白かった。赤点補習の経験者として、私はちょっと得意げに鼻を鳴らす。

「これ、三日はかかるから」

「辻脇さんは毎回このプリントの束をやらされてるんだよね？　こんだけやってたら、むしろ赤点なんて回避できそうだけど」

「あー、ダメダメ。自分に必要ない知識はぜーんぶ脳から洗い流されちゃうから。さっぱり入らない」

は平然とした顔で、課題を机の中へと押し込んでいた。
「うん、そんなもん」
スクールバッグを机へ置き、プリントの束を空いたスペースに詰め込む。長谷部君
「そんなもんか」

階段を一段抜かしで進むのが好きだった。上るのも下るのも、何だって楽な方がいい。必要最小限の行動で目的地に着けば最高だし、余計なことはしたくない。教科書の詰まった鞄の持ち手を肩に掛けなおし、私は昇降口へと向かう。職員室に面した廊下には額縁に収められた表彰状が並んでいて、個人やチームの実績がまるで学校の所有物みたいに扱われていた。野球部、サッカー部、水泳部、陸上部、吹奏楽部……。ずらりと並んだ部活名の中には、放送部のものも混じっていた。

「菜奈、お疲れ」

掛けられた声に首を捻ると、廊下の反対側から知咲が小走りに寄ってきた。その手に握られているのは放送室の鍵のようだ。立ち止まった私の隣に並び、知咲は短く息を吐いた。その唇の隙間から、ちろりと白い歯が覗いた。

「補習はもう終わり？」

「うん、今日の分はね。そっちは部活終わり？」

「そう。鍵閉めは三年生の仕事だから」

知咲はそう言って、ホルダーのついた鍵を小さく揺らした。帰宅部の自分にとって鍵の返却などという作業は無縁な存在だ。

「わざわざ職員室に寄らなきゃいけないの、面倒だね」

「まあね。でも、運動部とかに比べたらマシかな。私らは基本的に放送室かスタジオで練習だから、運動場とか体育館とか取り合わずに済むし」

「あー、確かに場所取りは他の部との兼ね合いもあるしね。でも放送部は昼休みも活動あるし大変でしょ？」

「まあ、コンテストが終わったら引退だから。それまでは頑張ろうかなって」

「放送部も大会あるんだもんねー。なんか不思議な感じ」

先ほど視界に過ぎった賞状を、私はもう一度見上げた。ＮＨＫ杯全国高校放送コンテスト。私も詳しくは知らないが、放送部にも他の運動部と同じように地方大会や全国大会があるらしい。

「毎日頑張ってるけどさ、知咲は今年どうなの？」

「どうって？」

「大会、先に進めそう？」

私の問いに、知咲は困ったように肩を竦めた。頰に沿うようにして伸びる黒髪を指に巻き付け、彼女は「うーん」と曖昧に唸った。

「分かんないけど、頑張ってみようとは思ってる。やっぱり、全国出たいし」

「全国まで行ったら引退はいつになんの？」

「七月末ぐらいかなぁ」

「えっ、そんなに？　じゃあ地方大会で終わる方が受験生的にはラッキーじゃん」

「まあ、そうなんだけどね」

何かを吞み込むように、知咲の喉が上下した。内心を隠すように、彼女は外へと視線を逃す。その誘導に従うように、私もまた窓の外を見遣った。溶けた夕日が青い空気を侵食している。

「でも、やっぱり全国に行きたいよ。受験に影響が出るとしてもね」

そう言って、知咲は笑った。反論を許さない強さがそこにはあった。決まりが悪くなり、私は咄嗟に顔を逸らす。

中学生の頃から、知咲の成績は悪くない。この学校に合格するくらいだ、そこそこの頭を持っている。六教科で勝負すれば間違いなく私は知咲に負けるだろう。だが、三教科の学力だけを比べればきっと私の圧勝だ。知咲にはそういうところがある。部活なんてもので自分を浪費して、生き方の効率がひどく悪い。多分、人間的に馬鹿なのだ。

「応援してるよ、頑張って」

その間、私は勉強して先に進んでいるから。とは、さすがに口には出さなかった。意識的に唇を吊り上げ、私は知咲の背を軽く叩く。先ほどの台詞は嘘じゃないし、胸中に留めた台詞も本当だ。部活を頑張る彼女のことを好いている自分も、そんな彼女を見下している自分も、全部本物。嘘なんて一つもない。

「知咲先輩」

彼女の肩越しに、こちらへ駆け寄ってくる女子生徒の姿が見える。唯奈ちゃん、と知咲がその口元を綻ばせた。放送部の後輩だろうか。和やかな雰囲気を醸し出す二人に、一瞬だけ息が詰まる。胸中に落ちた不穏な影に気付かないフリをして、私はひらりと手を振った。

「じゃ、知咲。また明日」

「うん、バイバイ」

手を振り返す知咲に背を向け、私は細長い廊下を歩き始める。部活に入っていない私に、名を呼んでくれる後輩はいない。これまで意識もしていなかった現実が不意に私の前に立ち現れた。そんなことどうでもいい。本当に、全然気にしてなんかいない。だって、私は効率のいい生き方をしているから。

軽く顎を引き、背筋を正す。自分に自信があるよう、他人から思われるように。

握ったシャープペンシルの先端が、薄い紙の表面を擦る。プリントにはＵＭＡみたいなイラストがたくさん並んでいて、その下にある空欄を私は片っ端から埋めていく。ＤＮＡを抱えてぐちゃぐちゃしているのがミトコンドリア、どろどろと退屈そうに漂っているのがゴルジ体。自分の皮膚の下には宇宙みたいな空間が広がっていて、名前も知らないような生き物同士が共存しながら生きている。そう考えると、自分という存在自体がひどく不気味なものに思える。

「また赤点だったの？」

そう言って、森崎《もりさき》先生はこちらの手元を覗き込んだ。パーテーションで区切られた空間には、私と先生の二人きりだ。まあ、先生といっても単なる大学生アルバイトなのだけれど。家の近所にある個人経営の塾に、私は中学生の頃からお世話になっている。一対一の個人指導が売りで、授業料も大手塾に比べてかなり安価に設定されている。授業の質そのものは値段相応というレベルで、本気で勉強したい生徒は駅前の有名予備校へ通っていることが多かった。

「生物だけね」

質問に答えながらも、私は手を止めない。補習課題に出されたプリントは、名称問題に関しては教科書を写すだけで済む。テストが返却されるたびにこのプリントの束をもらってくるので、森崎先生も私が赤点を取ることにはすっかり慣れっこのようだった。

「お母さんにはどの教科も平均点以上取れるようにしてくださいって言われてるんだけどね。内申が心配みたいだよ？」

「んー、平気平気。お母さんは単純に受験のシステムを分かってないだけだから」

「本当に？　辻脇さんがそういうなら信じるけど……」

こつん、と先生の爪先がプリントの端を叩く。ピカピカと光るネイルは、きっとお店で施されたものだ。母親が毎月出す月謝の二万円は、こうして彼女の美しい爪に生まれ変わって世界へ還元されている。

「私のお母さん、高卒だし。大学受験とかさっぱり分かってないの。理解できてないから過剰に心配してくんだよね」

「そうは言っても赤点でしょ？　お母さんの心配ももっともだと思うけど」

「でもさぁ、使わない教科を勉強したって時間の無駄じゃん」

「そう？　結局こうやってたくさんプリントをやらされるんだったら、最初から勉強しておいた方が効率的じゃない？」

「意味のないことを強制的に押し付けられるのが嫌なの。受験に必要な教科は分かるよ、実際の入試でも使うんだから。でも、そうじゃない教科に時間をかけるのってなんの為なんだろうって思っちゃう。それに、生物の教科書って、見てるだけでイーッてなるし」

「分かれば楽しいんだけどねぇ」

「絶対嘘。先生だって、高校生の時は同じだったでしょ？」

尋ねると、先生はじっと考え込むように腕を組んだ。

「うーん、私は推薦だったからなぁ。実際の学力よりむしろ内申が重要だって思ってたよ」

「えっ、先生って推薦組なの？　じゃ、頭良くないじゃん」

「塾で教えられるくらいの学力はあると思うけど」

「そういう問題じゃないって」

有名私大の学生だと聞いていたから信用していたのに、これではもはや詐欺ではないか。返答に困っているのか、先生は頬に手を添えて曖昧な笑みを浮かべていた。

机に顎を乗せ、私は唇を尖らせる。

「そもそも推薦ってシステムはずるくない？　だってね、スーパー進学校に入ったら中くらいの成績取るのも大変だし、内申点も簡単には取れないじゃん。けど、馬鹿の多い学校に行ったら同じくらいの脳みそでもトップを狙えたりするんでしょ？　それで普通に受験すんならいいよ？　でも、推薦でイイ学校行きますみたいな真似されたら、こっちは不公平感満載なんだけど」

「そういわれると困っちゃうけど。どの高校に行くかも一つの戦略なんじゃないかって先生は思うな」

「あー、ヤダヤダ。いくら頑張っていいとこの私立大学に入っても、内部進学とか推薦組みたいな馬鹿と一緒にされるんだ」

「そういう子の方が優秀なこともあると思うけどね。大体、実際に制度があるんだから、それを利用するのは悪いことじゃないでしょう？　辻脇さんのお友達にもそうやって大学受験する子はいるだろうし」

「それは分かってるんだけどね。でもなんか、自分が損してるっぽくていや。ずるいって思う」

不満の原因は結局それだ。他人に出し抜かれたくない、自分が費やした労力を他人にも平等に求めたい。そう感じるのは、自分が身勝手な人間だからだろうか。力を込めると、ぽきんとシャープペンシルの芯が折れた。転がる鉛色の粒を手で払うと、手の端が僅《わず》かに黒ずんだ。

「そんなこと言ったら、辻脇さんだってずるくない？」

「私が？」

「だって、辻脇さんが三教科しか勉強してない横で、他にも必要な教科がある子だっているわけでしょう？　でも、六教科の子と、三教科だけの子、偏差値上は同じような学力にしか見えない。それって、辻脇さんの言うズルじゃない？」

質問の体を装った指摘に、両目が勝手に開いた。長谷部君はどうなんだろう。何故だか唐突に、その名が私の脳裏を過ぎった。

難関の国立大学を志望する長谷部君は、確か六教科八科目の試験を受けなければならない。そんな彼からすれば、私みたいな人間はずるく見えるのだろうか。わからない。ただ、そう思われているのだとしたら、ひどく悲しい。

「辻脇さんを怒ってるわけじゃなくてね。ただ、ずるいって言葉は呪いみたいだなって思うから、あんまり使って欲しくなくて」

森崎先生の唇が、柔らかな声を紡いだ。ふわふわのパンケーキの上に振りかけられた粉砂糖みたいに、彼女の表層は甘くて優しい。瞳だけを上に向ければ、おおらかに微笑する先生と目が合った。

「ずるくないことなんてね、ないと思う。公平だって思ってるものでも、誰かにとっては不公平なものかもしれないし。あれがずるいって言いだしたら、でもあっちの方がもっとずるいって、いつのまにかずるいの連鎖になっていく気がしない？」

綺麗ごとだ、と即座に思った。でもきっと、その言葉は彼女なりの気遣いだった。いつだって森崎先生は、年下の私に真摯に接してくれる。それはきっと、私が彼女のお客様だからだ。この塾に支払う二万円が、大人の優しさを私に享受させてくれる。

「……言ってる意味は、ちゃんと分かる」

でも、それを認められるかといえば話は別だ。いい人ぶる大人だって、子供にはズルしちゃダメよとたしなめながら、その裏で平然と相手を出し抜こうと画策している。理想を語るのは容易《たやす》いが、実現するのは難しい。

「損得でしか考えられない人生って、やれることが狭まっちゃうから結局損してる気がするんだよね」

神妙な面付きでそう語る先生から、私はそっと目を逸らした。眼前に横たわる偽善と情愛の境界線を、密かに探りあぐねていた。

なだらかな坂道だった。一見すると坂だと気付かない程度の斜度だ。塾からの帰り道は、いつもこうして一人で黙々と夜道を進む。等間隔で並ぶ街灯は、行くべき方向を示す道標みたいだ。真っ暗な道はその存在すら視認できないから、私はいつだって同じルートを選ぶ。最も近く、最も明るいと思う道を。

――そんなこと言ったら、辻脇さんだってずるくない？

地面を蹴《け》る靴底に、先ほどの森崎先生の台詞がこびりついている。歩幅は次第に小さくなり、急かされたように勝手に速足となった。何もかもを捨てて駆けだしたいと願う一方で、肩にのしかかる鞄の重みが理性にブレーキをかけている。いつもそうだ。私は、いつだって理性を捨てきれない。加速していた歩みはいつの間にか鈍くなり、私はその場で立ち止まった。灯から注ぐ真っ白な光が、スポットライトのように自身の体軀を照らし出している。

悪気なく毒を吐き、素知らぬ顔で誰かを踏みにじる。刷り込まれた常識越しに世界を見て、そこから外れた人間を愚かだと嗤うことで悦に入った。そのくせ、心の奥底ではそんな誰かを羨ましいと思っている。勝手に劣等感を抱いて、勝手に腹を立てて。そうやって、過去の私が今日の私を生き辛くさせている。

これでいいのだろうか。気を抜いた一瞬、強烈な不安の塊が私の思考を貫いた。中学生の時も、高校生の時も、私は部活に入らなかった。だって、時間の無駄だから。知咲のように熱心に部活に打ち込む人間を、内心で馬鹿にしている。でも、それじゃあ、いったい私には何があるというのだろう。曲がり角の先に目を向けても、そこにあるのは暗闇ばかりだ。

最短ルートばかりを進んでいると、寄り道するのが怖くなる。常識によるナビゲーションは、本当にいつでも正しいのだろうか。脱線した先に道があったとしても、私はそれに気付かない。息を殺して足を進める度に、自由な歩き方を忘れていく。

内面を圧《お》し潰すように、大きく息を吸い込んだ。肺が膨らむ感触に、生きてる、と思った。体温を伴う生々しい実感が、煩わしくて仕方なかった。

翌朝。早起きして学校に向かい、まずは真面目な顔で授業を受ける。受ける価値のない授業では教師の話を無視して受験用の問題集を解き、昼休みには母親の作ってくれた冷凍食品だらけのお弁当を食べる。肘枕《ひじまくら》で転寝《うたたね》しながら午後の授業を耐えしのぎ、そして放課後がやってくる。繰り返される一日のスケジュールは、慣れのせいか入学時よりも時間の流れが速かった。

放課後の教室に人の気配はなく、今日も私と長谷部君の二人しかいない。机の上に広げられたプリントを一瞥し、私はフンと鼻を鳴らした。深緑色の黒板には、最後の授業で板書されたいびつな世界地図が残っていた。七時間目は世界史だった。

「長谷部君、どれぐらい進んだ?」

「ん? あと二枚」

「嘘ォ」

思わず顔を向ければ、その言葉通り残されたプリントはほとんどなかった。これだから秀才は、と私はシャープペンシルを投げやりに机の上に転がした。すっかりやる気が削《そ》がれ、体ごと長谷部君の方に向き直る。丸みを帯びる彼の輪郭を、細い眼鏡のツルが横切っていた。

「早くない? もしかして、教科書見ずに全部答えてる?」

「まあ、この程度なら見なくても答えられるよ。受験で生物使うしね」

「えー、それだったら、本当なんで赤点なんて取ったの」

私の問いに、長谷部君は顔を軽く上へ向けた。視線を辿《たど》ると、黒板よりさらに上のスペースに重苦しい色をしたスピーカーが存在していた。

「僕さ、帰宅部なんだよね」

「うん、知ってる。一年の時、クイズ研究会に誘われたけど断ったんでしょ？」

「なんでそんなこと知ってるの」

「噂だよ、噂。一年の頃から有名な話だったけど」

「そうだったんだ。なんか照れるね」

恥ずかしそうに、長谷部君は頬を掻いた。私は腕を組む。

「なんで部活に入らなかったの？　私は部活やるメリットがあんまり見出せなかったからだけど、長谷部君はそういう理由じゃなさそう」

「僕も似たようなもんだよ。勉強以外に何かをやるつもりがなくて」

でもさ、と彼は続けた。山なりの眉がぴくりと震える。

「この前、宮本さんが原稿用紙を睨《にら》みながらね、赤ペンで書き込みしてたんだよ。何度も何度も見返してさ」

「知咲が？」

「そう。放送部の後輩が使う原稿の直しをしてたみたいで。自分のじゃないから責任重大だよ、って言ってて。それで、なんかいいなぁって思ったんだ」

「なんかって、また随分アバウトだね」

「いや、うまくは言えないんだけどさ。なんというか、僕と宮本さんじゃ世界の見え方が違うのかなってその時感じたんだ。僕は先ばっか見てるけど、宮本さんは今を見てる」

宮本さん、と知咲の名を口にする彼の態度は、至って真摯なものだった。同級生に対する純粋な尊敬と感心の中に、余計なものは混じっていない。

「それのどこが赤点と関係あるわけ？」

声が低くならぬよう意識しつつ、私は尋ねた。

「僕と辻脇さんって、結構似てるタイプなんだろうなって思うんだよ。ほら、辻脇さん、さっき言ってたでしょ？　メリットがないから帰宅部になったって」

「まあ、言ったけど」

「そういう考え方、すごく共感できる。僕、時間って有限な資産だと思ってて。勉強自体すごく好きだし、難しい問題を考えるのは楽しいけど、じゃあこれが未来にまったく役に立ちませんって言われたらどれくらい頑張れるんだろうってたまに思うんだよ。勉強って、将来への投資みたいなところあるでしょ？」

「そりゃそうでしょ。勉強嫌いな子が頑張るのも、結局は自分の将来のためだし」

良い大学を目指すのは、就活を少しでも有利に進めるため。勉強したい内容なんてなく、大半の人間が大学を職業訓練所とでも思っている。そして、大多数の人間の持つ考え方のことを、世間一般には常識と呼ぶ。たとえ、その内容が理不尽なものだったとしても。

私は効率よく生きたい。損をしないよう、できるだけ最良のルートを辿りたい。誰もが羨む大学に入り、誰もが羨む職に就く。それが望ましい人生なのだろう？　常識が、私にそう言っている。

「勉強が未来への投資とするなら、部活って今の消費なのかなって思うんだ。僕はね、未来の僕のために時間を使うのは全然平気なんだけど、今の僕のために時間を無駄遣いするのは嫌なんだ。でも、宮本さんはそれを無駄遣いだとも思ってない。それってなんか、すごいことだなって」

「はあ、なるほどね。わかるようなわからないような」

曖昧に頷く私に、長谷部君は苦笑した。

「僕はさ、自分を善良な人間だと思ってるんだ。真面目だし、成績もいいし、親を落胆させたこともない。派手な思い出はないけど、これといった失敗もない。能力のステータスは偏ってるけど、それでも僕って人間の総合点は、長い目で見ると平均よりかなり上に来ると思う」

「自分でそれ言っちゃうんだ」

「だって事実だし」

平然と言い放たれ、私は「おぉ」と短く唸った。頭がいいわけじゃないからと謙遜していた昨日の彼は、幾重にも重ねられた社交性のフィルターを通した後の姿だったのだろう。彼は己の能力の高さを自覚しているし、そんな自分を親しくない女子に隠す程度の処世術も身に付けている。

そして今、そのフィルターは取り払われた。まるで秘密を打ち明けるように、長谷部君が息をこぼす。

「でも、宮本さんを見てたら本当にそれでいいのかなって。だからね、自分はどこまでなら今を無駄遣いすることを許せるのか、実際に色々と試してみることにしたんだよ」

「試すって、どうやって？」

「そのひとつがこれ。学校のテストで赤点を取る」

二人の机の上にはプリントの束が積まれている。私にとって、生物は不必要な教科だ。受験科目にないからと、最初から学ぶことを放棄した。この補習時間は、私のそうした選択の代償だ。赤点の補習時間とテスト対策の手間を天秤《てんびん》にかけ、私は前者を選び取った。そして長谷部君は、それとは全く違う理論に基づいて動いている。むくり、と好奇心が頭をもたげた。他人の思考を探るのは面白い。その相手が賢ければ、尚更《なおさら》。

「長谷部君にとって、赤点を取るのが今の消費ってこと？」

「だって、消費以外の何物でもないじゃん。あんなに簡単なテストでわざわざ赤点を取るだなんて」

「私は本気でやって赤点だったんだけど？」

「良く言うよ。辻脇さんにとって、生物は時間の無駄なんでしょ？」

笑い交じりに、長谷部君が昨日の私の台詞を繰り返した。

「私にとっては、ね。それで？　実験の結果はどうなったの」

「はは、全然ダメだったよ。学校のテストで赤点を取る、これは僕的にＯＫだった。けど、模試を白紙で出すのはダメ、許せない。予備校をサボって遊びに行くのもダメだった」

指を折りながら、長谷部君は自分の試した事柄を一つ一つ上げていく。その全てが勉強に関連しているのは、彼の真面目さ故だろうか。

「模試で白紙と学校のテストで赤点って、どっちも似たり寄ったりじゃない？」

「僕もそう思ったんだけどね、本能的にできるできないって判断してるみたいなんだよ。で、何が違うのかなって考えて分かったんだけど、僕、金銭的な価値があるものを無下にするのは嫌みたいだ。だから模試も予備校も大事にしてる。でも高校のテストは赤点だろうが入試に差し支えないし、デメリットがないからセーフだった。むしろ、こうやって補習用のプリントをもらえるだけ他の人より得してるって言ってもいい。つまり僕は、損したくないって気持ちが他人より強いみたいなんだよね」

私もだよ。浮かんだ言葉が、逡巡《しゅんじゅん》の中に呑み込まれる。己の醜さを晒す勇気が、私にはまだない。目を逸らし、私はぎこちなく声を紡いだ。

「それを堂々と胸を張って言えるの、長谷部君の強みだよね」

逃げの言葉だったのに、長谷部君ははにかんだ。上気した彼の頬が林檎《りんご》みたいにピカピカと赤く光っている。落ち着きなく眼鏡フレームに触れるその指先を、ひどく愛らしいと思う。

机に置いた自身の手を重ね合わせ、私は鼻から息を吸った。澄んだ空気の塊が、塞ぎがちな気道をこじ開けていく。

「長谷部君はさ、他の人に対してずるいって思うことってない？」

「ん？　例えば？」

「そう聞かれると難しいけど……例えば、私立受験の子とか。ほら、長谷部君はいっぱい勉強するわけじゃん？　でも、他の子はその必要がない。それって、相対的に自分が損してるって思わない？」

「あー、それは思うよ。みんなずるいよね」

「やっぱり」

脆《もろ》い心に影が差す。沈黙する私を尻目に、長谷部君は興奮した様子で口を開いた。

「だってさ、お金があるから私立に行けるわけでしょ？　僕の家だったら国公立以外はまず許されないもん。だから、その選択肢があるって時点でずるいよ。しかもさ、僕、駅前の予備校に行ってるんだけど、学力での全額免除がなきゃ絶対あんなとこいけないからね。ほかの子らは稼《かせ》ぐ親の子供に生まれたからってだけで、馬鹿でも同じ授業を受けられるわけじゃん。あれはずるいよ。それと、イケメンもずるい。生まれて息してるだけでモテるんでしょ？　もう、この世界はズルだらけだよ」

捲《まく》し立てられた言葉たちは、私の予想からあまりにかけ離れていた。本人は至って真剣なのだろう。そう思わない？　と真面目な顔でこちらに同意を求めている。さっきまでの訴えの俗っぽさと彼の態度のあまりのギャップに、気付けば私は咳き込むほどの笑い声を上げていた。

「あれ、僕、変なこと言った？」

首を捻る長谷部君に、私は涙目になりながら頭を左右に振る。

「私も、美少女はずるいなって思うよ」

「ほら、やっぱそうでしょ？　生まれた環境でこんだけ格差があるんだから、他のことで損したくないって思うのは当たり前じゃない？」

「そう言い切られると、いろいろ悩んでた自分が馬鹿みたい」

「何を悩んでたの？」

「んー。ずるい自分について、とか」

窓から吹き込む風に、重ねられたプリントがさらわれる。手を伸ばしてその端を摑めば、翻った紙の上部がぺらりと前へ倒れこんだ。行儀よく並んだ解答欄が、真っ白な口を開けてこちらを見ている。すごい風だね、と長谷部君が立ち上がった。その身体が私の前を過ぎていく。

眩《まばゆ》さに目を眇《すが》め、私は冗談めかした本音をこぼした。

「私、生きるのに向いてないんだよね、多分」

「生きるのに、か」

開け放たれていた窓を、長谷部君が一つずつ閉めていく。先ほどまで騒がしく揺らいでいたカーテンは、新鮮な空気を失った途端に黙り込んだ。

すべての窓を閉め終わり、彼がこちらを振り向いた。半袖のカッターシャツから、彼の真っ白な二の腕が見える。柔らかな脂肪を纏《まと》った、ふっくらとした腕だった。

「俺も向いてないよ」

そう言って、彼は笑った。厚みのある眼鏡のレンズに、蛍光灯の白が反射していた。

「大体、向いてたら赤点なんて取ってないよ」

「長谷部君、モラトリアム真っ最中って感じだもんね」

「それは辻脇さんもでしょ？」

「あー、否定できない」

「いいじゃん、モラトリアム。思春期の人間の特権だよ」

「またそういうこと自分で言う」

「だって、辻脇さん相手だし」

他意のない彼の言葉が、私の自尊心をさわさわとくすぐった。頬に掛かる髪を指で掬《すく》い、熱を持つ耳の後ろに引っ掛ける。きっと、ずるくたっていいのだ。誰かに嫉妬《しっと》してばかりの惨めなところも、自分を好きになれない情けないところも、その全てをひっくるめて、私という人間は存在している。生きるって、きっとそういうことだ。嫌な自分を抱きしめて、二人三脚で明日を目指す。

半端な丈のスカートを指先でぐいと強く引っ張り、私は長谷部君の顔を見上げた。

「ね、次の生物のテストでも赤点取る？」

その問いに、彼は静かに首を横に振った。

「次は普通にテストを受けるよ。実験はもう済んだし」

「えー、じゃあまた私だけで補習か。薄情者ぉ」

わざとらしく嘆いて見せると、長谷部君はくつくつと喉の奥で押し殺すように笑った。

「薄情者はお互い様でしょ」

いかにも愉快そうに、彼の肩が大きく揺れる。いたずらっぽく細められたその双眸が、共犯者めいた眼差しを私に優しく注いでいた。

側転と三夏

大の字に　寝て涼しさよ　淋しさよ
右の句の作者名として適当なものを、次のアからエのうちから一つ選べ。
ア、与謝蕪村　イ、小林一茶　ウ、松尾芭蕉　エ、正岡子規

「さっきの小テストの問題さ、どれ選んだ？」

机と机を向かい合わせにし、友人と顔を突き合わせる。進学校と名高い我が校では、昼食時間を含めて四十分間の昼休みが設定されている。誰とどこで食べるかは各自の裁量に任されているが、食堂は三年生に占拠されているため、教室で昼食を摂る一年生が大半だった。

「問題ってどれよ」

売店で買ったサンドウィッチを睨みつけながら、米谷泉《よねやいずみ》が聞き返す。ビニール包装

を剥がすためのシールの位置を探しているようだ。私は腕を伸ばすと、三角形の端っこを指さした。

「ここから剥がしてくださいって書いてるけど」

「うわ、本当だ。さすが真綾《まあや》、料理部だけあるー」

「どう考えても部活関係ないでしょ」

「いやいや、目の付け所が違うんだよ。こう、料理部なりの観察眼っていうかー」

「またテキトーなこと言って」

肩を竦めた私に、泉はケラケラと軽薄な笑い声を上げた。ボーイッシュな印象を与える短い黒髪に、細いフレームの眼鏡。すらりとした長身と女にしては低い声も相まって、彼女は女子から人気がある。出席番号が近かったために入学式からの流れのまま、クラスで一番親しい友人ポジションに収まっているが、私のこの立ち位置をやっかむ子が多くいるのも自覚している。人間関係って、本当に面倒くさい。

たまごサンドにかぶりつき、泉は思い出したように顔を上げた。

「で、なんだっけ？」

「なにが？」

「ほら、さっき真綾が言ってたでしょ。小テストの話」

「あぁ。俳句の作者を答えろって問題あったじゃん。寝てると寂しい、みたいなやつ。あの答え、どうしても思い出せなくて」

「小林一茶《こばやしいっさ》でしょ。余裕余裕」

「うわ、最悪。松尾芭蕉《まつおばしょう》って答えちゃったよ」

「芭蕉は次の問題のやつ。『閑《しずか》さや　岩にしみ入る　蟬の声』」

「完全に逆にしてた。どっちか迷ったんだけどなぁ」

「迷った時点で勉強不足ですな」

「うわ、泉に国語で負ける日がくるなんて」

「ハッハッハ、私だって長文読解さえなければ国語でイイ点取れるんだから」

夏休みまであと数日だというのに、一体どうして小テストなんてものを受けなければならないのだろう。ため息を吐きながら、私は自身の弁当箱の蓋《ふた》を開ける。

弁当箱に詰め込まれた六種類のおかずたちは、そのどれもが色彩豊かで食欲をそそる。卵焼きの断面は美しく、真っ赤なタコさんウインナーは足の一本一本がきちんと捲れあがっている。ニンジンとごぼうのきんぴらに、赤と黄のミニトマト。新緑色をしたアスパラガスは桃色のベーコンで巻かれている。一口サイズのハンバーグの中央には、固ゆでにしたうずらの卵が埋まっていた。

スマートフォンを取り出し、食べる前にまず写真を撮る。本来、スマホの持ち込みは校則で禁止されているが、それを律義に守っている子なんていない。見栄えの良い写真が撮れたことを確認し、SNSにアップする。手製の料理を毎日ネットに上げることが私の日課だ。

「そのアスパラ、一個ちょうだいよ」

弁当の中を覗き込み、泉が一番端のおかずを指さす。彼女が私の料理を欲しがるのは毎日のことなので、私は慣れた手つきでその口の中にアスパラのベーコン巻きを突っ込んだ。

「んー、うまいうまい」

もぐもぐと咀嚼《そしやく》しながら、泉がミニドーナツの入ったプラスチック容器を差し出してくる。こうして菓子パンの一部をデザートとして貰《もら》い受けるのもいつものことだ。五個入りのうちの一つを頂戴し、私は弁当箱の蓋の裏側に砂糖でコーティングされたドーナツを載せた。

「それにしても、毎朝自分で弁当作ってるって偉いね。お姉ちゃんの分もやってんでしょ？」

「まあね。趣味みたいなもんだから」

「はー、偉い。私は絶対無理だわ」

泉が椅子の背もたれに体を預ける。行儀悪く立てられた片膝は、皺の無いスラックスに覆われていた。我が校において、制服に性別の区別はない。男女ともに、スカートでもズボンでも好きな方を選ぶことになっている。そうはいっても大多数の人間は中学の頃の習慣通りに男子はズボン、女子はスカートを穿いているのだが。泉のような例外は、学年に一人いるかいないかだ。

「慣れだよ慣れ。お母さん、朝は忙しいから」

「そこから自分で作ろうってなるのが偉いよ。私も自分で弁当作ったらお小遣い貯まるかなって思うんだけどさ、結局めんどくさくなって菓子パンばっかになっちゃうんだよね」

「せめて野菜は摂った方がいいよ」

「摂ってるって。野菜ジュース」

ほらァ、と紙パックを突き付けてくる泉に、私は大きくため息を吐いた。ジュースぐらいじゃ満足な栄養はとれないだろう。

「もう……トマトもあげるよ」

「あざーっす」

黄色のミニトマトを唇に挟み、泉はヒヒッと嬉しそうに目を細めた。そのカッターシャツは、襟《えり》部分が大胆に広げられている。くっきりと浮き上がる鎖骨から視線だけで上へと辿れば、滑らかな線を描く白い首筋が視界に入った。もしもここに喉仏があれば、私は泉と友達になれただろうか。ふと想像して、私はすぐさま苦笑した。何を馬鹿なことを考えているのだろう。今、彼女と友達であることすら奇跡みたいなものなのに。

ヴー、と机に置いたスマートフォンが震える。箸を置いて画面を操作すると、先ほどの投稿にコメントがついていた。SNSは他人から個人情報が特定されないような使い方をしているけれど、そこで繋がっている人たちは実際の顔見知りばかりだ。中学生の頃の友人、高校のクラスメイト、家族や従妹《いとこ》。彼女たちは気さくに私に話しかけ、そして小さな称賛を置いて行ってくれる。

『真綾のお弁当って完成度高いよね』

最初のコメントの主は料理部の先輩。

『また真綾の料理食べたーい。調理実習の時の肉じゃがが恋しいよ』

こちらは中学時代の友人から。

『今日もお弁当美味しかったよ、いつもありがとう』

そして、これは恒例となった姉からのメッセージ。

その一つ一つに返信していると、視界の端で誰かが動く気配がした。画面から視線を移すと、正面に座っていた泉がニヤニヤと笑いながらこちらを見ていた。

「なに？」

「いや、嬉しそうだなって」

そう言って、泉が自身の胸ポケットからスマホを取り出す。指先が画面の上を踊《おど》ると、手の中で再びスマホが震えた。

——izumiさん他六人があなたの投稿を高評価しました。

表示された通知画面に、私は口元を綻ばす。泉はプラスチック容器からミニドーナツを摘まみ上げると、乾杯するように軽く掲げた。それに倣《なら》って、私も目の位置まで小さくスマホを持ち上げる。

自分の努力を誰かが見てくれている、誰かが褒めてくれる。ささやかな評価の数字が、私の料理に対するモチベーションだった。

帰宅して扉を開いた瞬間、香ばしさを百倍ほど濃縮したような奇天烈なニオイが鼻孔に入り込んできた。ブーンという蜂の羽音のような振動と、キッチンの隅で大真面目な顔でスマートフォンを操作している女子大生。その画面に表示されたアカウント名は、森崎咲綾《さあや》。彼女の本名だ。

「お姉ちゃん、なにやってんの」

肩に掛けたスクールバッグを床に置き、私は姉の元へと歩み寄る。彼女は顔を上げるなり、にへらと人好きのする笑みを浮かべた。

「あぁ、真綾。お帰り」

「ただいま……じゃなくてさ、いまどういう状況？」

「ん？　お菓子作ってたの」

ふふん、とどこか得意げな顔をする姉を一瞥し、私はシンクへと視線を移す。粘《ねば》りのある黄色の液体がこびりついたボウルに、質量のある粉の塊が中に閉じ込められている泡立て器。ステンレスの作業台は異なる色の粉が散乱し、割るのを失敗したのであろう卵の殻が粉砕された状態で端へと追いやられていた。

「これ、何作ってんの？」

「真綾が前に作ってたでしょう？　猫ちゃんカップケーキ」

「あぁ、あれね」

料理部でカップケーキを焼いたのは、つい一週間ほど前のことだ。シンプルなカップケーキに、チョコペンやクリームを用いてデコレーションした。これがなかなかに可愛いと評判で、SNSにアップしたところ友人から三十もの高評価を貰った。正直に言えば、普段の料理の方がよっぽど手間暇がかかっているのだが。

「ほら、もうすぐ夏休み模試が始まるでしょ？　張り切ってる子もいるから、願掛けにお菓子を作ってあげようと思って」

「教え子にあげるつもりなの？」

「うん、きっとみんな喜ぶだろうなぁ」

そう無邪気に笑う姉に、私は頬をひきつらせた。地元の私立大学に通う彼女は、近所にある個人塾で講師としてアルバイトをしている。大らかな性格のせいで生徒に舐《な》められているのではないかと心配になることもあるが、そもそも相手の心の機微に気付くような人間でもないので何をやらかそうとも放置している。……のだが、これはさすがにまずい。

「確認なんだけど、お姉ちゃんの手作りをあげるの？　買ったものとかじゃなくて？」

恐る恐る尋ねると、彼女は堂々と胸を張って頷いた。

「だって手作りの方が気持ちが伝わるし」

「いやまあ、そういう考え方もあるっちゃあるけど」

「大丈夫大丈夫。さっきだって生地に可愛い猫ちゃんの顔を描いておいたんだから」

「えっ」

　思わず私が振り返ったのと、オーブンが鳴ったのは同時だった。姉は鼻歌交じりでミトンを嵌めると、なかなかに豪快な動きでオーブンのドアを引き開けた。

「うわあっ」

　悲鳴が漏れそうになる口元を慌てて手で押さえたが、どうやら手遅れだったらしい。真っ黒な天パンの上に並んだカップケーキは、ぶくぶくと入道雲のように膨れ上がっていた。焼く前の状態を基準に顔を描いたせいで、目や口らしき部分がコブのように外側へ飛び出している。猫と呼ぶにはあまりにグロテスクな仕上がりだ。暗黒生物とか摩訶《まか》不思議物体とか、そういう名称の方がずっと相応《ふさわ》しい。

「あれー？　おかしいなぁ」

　不思議そうに姉が首を傾げているが、おかしいのは頭の中身だ。天パンにて繰り広げられる地獄絵図に、私はとりあえずスマートフォンのシャッターを切った。ピンクと水色で構成された水玉模様のファンシーな紙カップが、ケーキの奇妙さをより一層引き立てている気がする。

「んー、真綾みたいに作るのって難しいね」

ドスンと音を立てながら、姉は作業台に天パンを載せる。熱が逃げたせいか、先ほどまで膨れていたカップケーキはしなしなと小さくしぼんでいった。その見た目は、やつれたモンスターといったところか。

「哀れ、猫」

なむなむ、とふざけた口ぶりで合掌する。姉はその一部分をちぎると、ぱくりと口へ放り込んだ。

「んん、素材の味がする」

「どれどれ……あー、素材っていうより粉だね。粉の味」

「でも、味も見た目も初心者にしてはなかなかじゃない？」

「これをなかなかって言えるお姉ちゃんのポジティブさに感動だよ」

「それはほら、真綾は料理上手だからハードルが高いんだって」

「いやいや低いからね？　言っとくけど、お姉ちゃんの料理に関してはハードルの高さが足首辺りにきちゃってるから」

「ふへへ、そうなの？」

「なんで今照れたの？　照れる要素なかったよ」

こちらの指摘などものともせず、姉は頬を掻きながらはにかむようにして笑っている。もう、と嘆息を漏らした私に、彼女はただ眉尻を垂らしただけだった。

私は未だ熱を持ったカップを鷲掴《わしづか》みにすると、柔らかなスポンジ部分に齧《かじ》り付く。香りからしてココアの存在感が強烈なのだが、甘味は全くと言っていいほど感じない。無味だ。舌の上に広がるざらついた感触と、奇妙な固さを持つ粉の塊が不味さのコントラストを奏でている。

「ココアパウダーのいれすぎだね。砂糖は少なすぎだし、ベーキングパウダーの分量も合ってない。あと、そもそも色が違う生地で絵を描くっていうのがお姉ちゃんには無理だよ。ああいうのは膨らみ方まで計算しなきゃいけないから」

「なるほどねぇ。お菓子作りは奥深いね」

「こんなのレシピ通りに作ればいいだけだから。勝手にアレンジしすぎ」

姉の料理下手は今に始まったことではない。本人にやる気はあるのだが、如何《いかん》せん作る時にオリジナリティーを求めすぎる。あれも足そうこれも足そうと工程を進めていくうちに、気付けば元のレシピからかけ離れた代物を作り出しているのだ。

「これ、ラッピングしたらごまかせるかな？」

もはやごまかすごまかさないといったレベルではないのだが。現実を認めたくないのか、或《あ》いはちょっとした失敗程度としか認識していないのか。姉は自称『猫ちゃんカップケーキ』を見つめながら、呑気なことを言っている。

「さすがに無理だと思うよ。胃袋を鍛えたい人には需要あるかもしれないけど」

「無理かぁ。こんなに作っちゃったのに、勿体ないね」

姉ががっくりと肩を落とす。私としても、これだけの量のカップケーキもどきを生ごみにするのは忍びない。

「仕方ないなぁ、とりあえずこれは私がスコップケーキにリメイクしてあげる。夜ごはんの後に食べよ」

「スコップケーキって？」

「深い容器にスポンジとかクリームを敷き詰めて作るケーキだよ、スプーンですくって取り分けるからそういう名前なの。あれなら失敗したスポンジでも誤魔化せるし、見栄えも良いから」

紙製のカップからケーキを取り外し、スポンジだけをボウルに放り込んでいく。先ほどまでの落胆は何だったのか、姉は嬉々として私と同じ作業を始める。お手伝いが出来ることを喜ぶ、幼い子供みたいだ。

「何味のケーキにするの？」

「お姉ちゃんは何食べたい？」

「チョコ系！」

「じゃあ、チョコバナナにしよう」

「んふふ、楽しみだねぇ」

にこにこと笑う姉に、私も脱力した笑みを返す。昔から、姉はこういう人間だった。運動神経も悪いし、手先も不器用。姉が小学生だった頃の運動会の映像を見たことがあるが、全員が綺麗に側転を決めているところで一人だけ見事に失敗していた。料理も下手だし、掃除もできない。それでも、姉には他人と比べて突出した武器がある。——愛嬌だ。

彼女には、手を貸してやらねばと皆に思わせる何かがある。

「私が生クリーム泡立てるから、お姉ちゃんはバナナ切って」

「はーい」

「湯煎《ゆせん》したチョコレートには触らないように、うっかり水が入ったら嫌だから」

「はいはい」

たどたどしく包丁を操る姉を横目に見ながら、私は電動泡立て器のスイッチを入れる。何かと手のかかる姉ではあるが、そんな彼女の世話を焼くのは嫌いではない。高校一年生の私と、大学三年生の姉。私が大学受験をする頃には、姉は就職してこの家からいなくなっているのだろうか。

完成したチョコレートクリームを、スプーンで掬って味見する。自分には甘ったるく感じるが、姉はこのぐらいの味付けが好みだ。

「じゃ、この容器にスポンジ、板チョコ、バナナ、クリームの順に敷き詰めていってね。これぐらいならお姉ちゃんでもできるでしょう?」

「真綾は?」

「私は監督」

なにそれ、とおかしみを含んだ息を吐き出しつつも、姉は素直に私の指示に従った。なかなか豪快な手つきではあるが、私が見張っているということもあり、それなりのものが仕上がりつつある。私はスマートフォンでSNSの画面を開くと、先ほど姉が生み出した奇怪な食べ物の写真をアップした。『お姉ちゃんがすごいの作った』というコメントを添えて。

「できたー」

黙々と作業していた姉が、ガラス容器をこちらに向ける。私がその上にミントを添えれば、色合いはより鮮やかさを増した。

「すごい、さすが真綾」

「作ったのはお姉ちゃんだよ。あとはこれ、冷やしておこうね」

「おおー、楽しみ！」

いそいそと冷蔵庫にケーキをしまう姉の姿が、クリスマスにサンタクロースを待つ幼子と重なる。一体どちらが年上なんだか。私は散らかされたキッチンを掃除するべく、ゴム手袋を手に取った。


後片付けを済ませた後、姉はリビングのソファーに寝転がった。二人分の空間を占領され、私は仕方なくその横に置かれた一人掛けのソファーに腰掛ける。ガラステーブルの上に紅茶の入ったティーポットを置くと、姉は礼を言いながら身を起こした。カップへ伸びる爪の上で、ラインストーンがきらりと光る。菓子作りには適さない手だ。

「今日のバイトは？」

「教えてる子がね、用事があるって言うから。日程をずらしたの」

「そうなんだ。それでお菓子作り？」

「そう。ピーンって思い付いて」

「思い付かない方が世界は平和だったろうに」

「えー、どういう意味？」

「分かんないならいいよ」

「なにそれ」

白磁のカップの取っ手を握り、姉は軽く足を揺らした。その素足の爪先にも薄くペディキュアが塗られている。大学生になった姉は、以前より少し垢抜けた。化粧も前より上手くなったし、髪だって染めている。それでも子供みたいだと感じるのは、彼女の核となる部分が昔から変わらないからかもしれない。きちんとした身なりをしていても、姉はどこか間抜けな印象を相手に与える。

「そう言えばさ、真綾は進路ってもう決めてるの？」

「急にどうしたの」

突然の話題に、私はまじまじと姉の横顔を凝視した。彼女が将来の話を私に振るのは珍しい。姉はカップを口に付けると、「うーん」と曖昧な声をこぼした。

「前にね、生徒の子と話してたんだけどさ。推薦とかで志望校に入った子を真綾は嫌だなって思う？」

「え、なんで？」

姉の問いかけの意図が分からない。推薦入試という仕組みがある以上、そのルールに則って受験することに何の問題があるのだろう。むしろ、私は一般入試よりも推薦入試で早めに合格を決めたい。一発勝負は苦手だから、内申点で勝負する推薦入学の方が自分には合っている。

「その子が言うにはね、偏差値の低い高校に入った方が内申点は高くなりやすい。進学校の子は求められるハードルが上がるから内申点を取るのも大変だし、違う環境でつけられた成績をいっしょくたにするのは変なんじゃないかって」

「あー……そう言われると、正しい気もするね。一般入試の子らは少なくとも同じ条件で勝負してるんだから、別の条件の子が来たらずるいって思う気持ちは理解できるかも」

「じゃ、真綾も嫌？」

「嫌と思うかどうかは話が別でしょ？　ずるいって気持ちも理解できるけど、それが正規の手段なら間違ってない。間違ってないなら、他人に批判される筋合いもない」

「おおー」

力を込めて言えば、姉は背もたれに体を沈めて嘆息した。姉は推薦組だから、教え子からの指摘に不安になってしまったのだろう。社会を知った風に振る舞うには、姉はいささか優しすぎる。

「お姉ちゃんはさ、塾では先生なんでしょ？　じゃあ、自分が思ってることをちゃんと言えばいいんだよ」

「言ってるつもりなんだけどなぁ」

「それでも。傷付いたなら、自分で自分を守らないと」

「大袈裟だよ。単純に、ちょっと引っかかっただけ」

「ならいいけど」

気持ちが昂《たかぶ》って、余計なことまで言ってしまった。心を落ち着けようと、私はポットから紅茶を注ぐ。アールグレイの香りを胸いっぱいに吸い込めば、それだけで脳は冷静さを取り戻した。

ふふ、と姉が不意に笑みを漏らす。膝下で交差された彼女の脚。その爪先が、絨毯《じゅうたん》から僅かに浮いている。

「どうしたの？」

「いや、真綾はしっかりしてるなって」

「手のかかるお姉ちゃんがいるからね」

空になった姉のカップにも、私は紅茶を注いだ。「ありがとう」と彼女はそれを当然のように受け入れる。もしかすると、姉は自分で自分を守る必要なんてないのかもしれない。今の私みたいに、手を差し伸べる誰かがいるから。

――じゃあ、私のことは誰が守ってくれるんだろう？

唐突に浮かび上がった疑問を、私は紅茶と共に胃の底へと流し込む。舌に残る微かな渋みがほんの少し不愉快だった。

ヴー、ヴー。シャツの胸ポケットに入れたままのスマートフォンが、ひっきりなしに振動する。昨晩はあまりのやかましさにマナーモードのまま放置していたのだが、一晩経った今でも通知音がやむ気配はない。

「すごいね、高評価一万越えって」

今日も今日とて菓子パンを頰張る泉が、カラカラと小気味の良い笑い声を上げた。その手の中に納まるスマートフォンには、私のＳＮＳのアカウントページが映し出されていた。

「自分でもビックリしたよ」

「やばいね、真綾有名人じゃん」

「投稿が人気なだけで、私が有名になったわけじゃないけど」

「ネットニュースとかでもちょいちょい取り上げられてるみたいだし、なんかすごいね。私も最初見た時は噴き出したもんなぁ」

昨日ネットにアップした姉の自称『猫ちゃんカップケーキ』の画像は、私が知らぬ間に多くの人間に拡散され、気付いた時にはとんでもない評価数を叩き出していた。投稿についたコメントの大半は、『笑った』とか『素敵なお姉さまですね』といった好意的なものばかりだ。

姉の料理画像がここまでの人気を誇るのは予想外だったが、それに対して特に思うところはない。姉のカップケーキには人目を引くインパクトがあった。だが、それだけだ。一つの投稿に対してどれほど多くの人間が高評価しようとも、あのアカウントが私のものであることに変わりはない。

「味はどうだったの？　見た目のわりに美味しい？」

「残念ながら、見た目通りの味だった」

「うわ、凄そう。全部食べきれたの？」

「チョコケーキに作り直したら普通に美味しかったよ。家族でペロッといった」

「そっちのリメイク後ケーキなら食べたい」

「あれは身内用だから、泉にはもっとちゃんとしたお菓子あげるよ。今日も料理部で色々作る予定だし」

確か、メニューはアップルパイとガトーショコラだ。どちらも顧問の好物で、家庭科室にはスイーツに合う紅茶の葉まで用意されている。焼き立てのお菓子と美味しい紅茶を学校で楽しめる、まさに料理部の特権だろう。

いいなぁ、と泉が羨ましげにデニッシュを口に運ぶ。

「私も料理部に入れば良かった。吹奏楽部は夏も練習あるしさぁ」

「夏休み少ないのはキツイね」

「ま、他校に比べたら練習量も少ない方なんだけどね。真綾は休みの間どうすんの？」

「私？　私はおばあちゃんの家で過ごすかなぁ。お姉ちゃんと私の二人で、一週間ぐらいおばあちゃん家にいるのが毎年の恒例だから」

「おばあちゃんも真綾みたいな孫がいたら嬉しいだろうね。料理上手だし」

「褒めてもなんにも出ないよ」

「とか言って、その卵焼きをあげてもいいなって本当は思ってるんでしょ？」

したり顔でこちらを見下ろす泉の口に、私はやれやれと海苔《のり》入りの卵焼きを差し込んだ。

パリパリに焼きあがったパイの断面からは、ごろりとした黄金色の果肉とたゆんと揺れるカスタードクリームが覗いていた。たっぷりと混ぜ込まれたシナモンの甘い香りにバターの香ばしさが入り混じり、熱によって溶け出した林檎の蜜がじゅっとパイ生地に吸い込まれていく。その手前に並べられたガトーショコラは、しっとりとしたチョコレート色をしていた。濃厚さを窺わせるつるりとした質感の断面に、粉雪のように振りかけられた細かなパウダーシュガー。固めに泡立てたホイップクリームを添えれば、市販品と比べても何ら遜色のない絶品ケーキが完成した。

「いやー、マジで美味しそう」

「これ、絶対カロリーやばいよ」

「私ダイエット中なんだけどなぁ。あ、その大きいヤツ私ね」

「ダイエットとは何だったのか」

「何言ってんの、食べたいものを我慢してまで生きる意味ってなくない？」

「はー、さすが部長。名言だわ」

部員たちがどうでもいい会話を交わす間に、私はスマートフォンで写真を撮る。勿論、SNSにアップするためだ。『今日は料理部でケーキを作ったよ、アップルパイとガトーショコラ！　我ながら素晴らしい完成度』。昨日の投稿への通知が溜まり続けるのを無視し、私はいつものようにコメント付きで画像をアップする。

「真綾ちゃんは紅茶に砂糖いれないんだよね？」

「あ、ハイ」

先輩部員の問いかけに、私は慌てて顔を上げる。綺麗なティーセットに、素晴らしい出来のケーキ。さらには仲の良い部員たち。これ以上に幸せな空間が、一体どこにあるというのだろう。

「ではでは、みなさん。合掌、いただきます」

「いただきまーす」

部長の号令に合わせ、十名足らずの部員たちが一斉に手を合わせた。美味しいものを作り、食し、そして片付ける。料理部の活動は週に一度しかないが、この限られた時間の中には私の好きなものがぎゅっと詰まっている。

「はー、美味しい。勉強に疲れ果てた脳に甘味が沁みますよ」

「紅茶も合うね、後味スッキリするし」

「このアップルパイ、カロリーの味がするぅ」

「けどそこが良い」

「分かる。カロリーが高いもんは美味い」

流れる穏やかな空気に、私はうっそりと息をこぼした。温かな紅茶を飲んだせいか、お腹の底からぽかぽかと幸福な気持ちが染み出してくる。銀色に艶《つや》めくナイフがガトーショコラにすとんと線を引くだけで、私の心は大きく弾んだ。美味しい食べ物を作るって、なんて楽しいことなんだろう。

ヴー、ヴー。胸ポケットに入れたスマートフォンが、振動を繰り返す。SNSの通知だ。何の気なしにアカウントページを開くと、先ほどの投稿に反応があった。昨日の投稿の反響があまりに大きかったせいか、普段反応をくれる友人の他にも何人かの人間がコメントを寄越してくれていた。『妹さん料理上手ですね』『これは美味しそう』『やっぱりケーキは手作りに限る』等々。それらに上機嫌で目を通していると、不意に一つのコメントが私の視界に飛び込んできた。

無邪気な、そしてあまりに素直な感想だった。

『とっても素敵なケーキですね！　ところで、お姉さんの料理はまだですか？』

帰宅し、壁に掛かったカレンダーを確認する。両親は夜まで仕事だし、姉は塾でアルバイトだ。私はリビングのソファーに腰かけると、そのままずるずると体勢を崩した。SNSに匿名で作ったアカウントは、私にとってささやかな発表の場だった。美味しそうだって褒めてもらえればそれだけで嬉しいし、やる気になる。でも今は……。憂鬱《ゆううつ》な気分を遠ざけようと、私は画面を下に向けてスマホを置いた。立ち上がり、誰もいないキッチンへと向かう。

お菓子作りが趣味の私のために、この家にはいつだって色々な材料が常備してある。新鮮な牛乳や卵、大量の砂糖に無塩バター。オーブンは小学六年生の誕生日に、父親に頼んで買ってもらった。細かな道具は母親、レシピ本は姉から贈られたものだ。猫の形をしたクッキー型を取り出し、私は一度目を瞑った。レシピは既に頭の中に入っていた。

ボウルへと手際よく材料をいれていく。配分と手順さえ間違えなければ、菓子作りは絶対に失敗しない。そう、間違いさえなければ。銀色のボウルの中には、真っ白な粉が小さな山を作っている。私はそこに、ベーキングパウダーを大量に追加した。指定された分量を合理的な理由もなく無視したのは、生まれて初めてのことだった。

こね終えた生地を冷蔵庫で冷やし、その後薄く引き伸ばしていく。それを型で抜き、天パンに並べた。ココアパウダーで色を変えた生地で、その顔に目や口をつけていく。予熱したオーブンにそれを押し込み、私はスタートのボタンを押す。何故だか喉が渇いていた。

しばらくして焼きあがったクッキーは、私の予想通りの仕上がりとなった。長方形の天パンの上に、可愛かったはずの猫がぎゅうぎゅうに押し込められている。膨らみすぎたせいで生地と生地がくっついたのだ。これではもはや巨大な一枚のクッキーだ。

滑稽な有様にくすりと笑みをこぼし、しかしすぐに口元は強張った。これを写真に撮って、それでどうなるというのだろう。

「……馬鹿じゃん」

クッキングシートから、板と化した塊を剥ぎ取る。それをジッパー付きのビニール袋に押し込み、あらん限りの力でまな板へと叩きつけた。バリン、とクッキーらしき物体が割れる。気の済むまで、ただひたすらに同じ行為を繰り返す。バリン、バリン。バキバキ。ザクザク。珍妙な物体はどんどんと粉砕されていき、やがてはちっぽけな欠片《かけら》の集まりとなった。膨張した猫の集合体は、もうそこには存在しない。

「――ふぅ、」

息を吐き出すと、少しだけ気分は楽になった。せっかくだから、このままレアチーズケーキでも作ろうか。クッキーの欠片はその土台にすればいい。壁に掛かる時計を見れば、そろそろ姉が帰ってくる時間だ。私は冷蔵庫の扉を開くと、使いかけのクリームチーズを手に取った。チーズケーキは、姉の大好物だった。

自宅から祖母の家までは、電車とバスを乗り継いで五時間ほど掛かる。周囲にあるのは田んぼと山ばかりというドが付くほどの田舎のため、このご時世でも携帯電話の電波が届いたり届かなかったりする。せめて回線工事をすればいいのにと思わないでもないが、高齢の祖母がたった一人で住んでいる家にそんなものは必要ないのかもしれない。

祖父が亡くなったのは、今から五年前のことだった。

「いやぁ、咲綾ちゃんも真綾ちゃんもえらい綺麗になったなぁ」

最寄りのバス停まで迎えに来た祖母は、こちらの顔を見つけるなり大きく腕を左右に振った。鮮やかなパープルのブラウスに、すらっとした黒のスラックス。顔に刻まれた皺が深くなるのに比例して、その皮膚の下に秘められたエネルギーはどんどんと増しているように思う。白髪の混じるほっそりとした黒髪が、生を謳歌するようにしなやかに風にそよいでいる。綺麗だ、と思った。生きている人って、綺麗だ。

「こっから家まで結構あるから、もし眠かったら寝てええよ」

祖母はそう言って、運転席に乗り込んだ。姉が助手席に座り、私は後部座席に荷物と並んで座る。八月に入り、気温は着々と高くなっている。こんなに暑い日に学校に行かなくていいのは嬉しいが、一ヵ月もの休暇期間は少々私の手に余った。

「お母さんもお父さんも今年は来られないって。仕事、忙しいみたい」

シートベルトを締めた姉が、祖母へと話しかけている。その会話に耳を傾けながら、私は薄く目を閉じた。眠たいというより、話すほどの元気がなかった。祖母のため息が聞こえる。

「電話で聞いたよ、ほんまあの二人は相変わらずやね。ご飯とか大変なんとちゃう？」

「それは大丈夫、真綾が色々とやってくれてるから。私のお弁当まで作ってくれて」

「ほんま真綾ちゃんはしっかりしてるわ」

「ねー。私の妹とは思えない」

「いやいや、咲綾ちゃんも偉いよ。ちゃんと勉強して、大学行って。……それに、こうやっておばあちゃんに会いに来てくれて」

「そんなの当たり前だよ。おばあちゃんに会わないと、夏って感じしないし」

幼い頃から私と姉は、長期休暇のたびに祖父母の家に預けられていた。仕事で多忙な両親は、やや放任主義なきらいがあった。それを見兼ねて面倒を見てくれていたのが、母方の祖父母だった。

「おばあちゃんの方は最近どう？　困ってることとかない？」

カサリと衣擦《きぬず》れの音がした。姉が居住まいを正したのだろう。

「ないない。気ままな独り身生活を楽しんでるわ」

「それならいいけど。もし何かあったら言ってよ？　あの広い家に一人だと、掃除とか大変でしょ」

「逆にそれが運動になってええねん。咲綾ちゃんはちゃんと運動してる？　スマホばっか見てたらあかんで」

「いやー、私は昔から運動神経ないからなー。そういう良い才能は全部真綾にあげたの」

「はっは、真綾ちゃんは器用やしなぁ。そういや、咲綾ちゃんは運動会でも側転失敗してたな。おじいちゃんが見てる途中でそわそわし始めて」

「懐かしいね。小学生の時だっけ」

じんわりと日が暮れる。橙色に染まる空気が、私の首筋を優しく撫でた。姉が「あ、」と何かを思い出したように声を上げた。

「そういえば、晩ご飯どうする？」

「なんも決めてへん」

「じゃ、おばあちゃん食べたいものある？」

「んー、せっかくやったら久しぶりに美味しいご飯食べたいなぁ。一人やと手ぇ抜いて適当なもんしか食べへんから」

「何食べたいの？」

「せやなぁ、鍋とか」

「この暑い日に？」

「美味しいもんはいつ食べても美味しいからええねん」

「あはは、それは確かに」

姉の笑い声に混じって、祖母が頬を緩めた気配がする。鍋だったら、何がいいだろうか。鶏肉に、水菜。椎茸《しいたけ》と白菜と……。脳内でレシピを探るうちに、意識は曖昧になってきた。眠気が思考を塗りつぶす。二人の会話を子守歌に、気付けば私は深い眠りについていた。

アスファルトで舗装されたなだらかな坂道を登れば、一軒の日本家屋がぽつねんと佇《たたず》んでいるのが見える。時代を感じさせる外装に、変色した郵便受け。玄関を開けるとぷんと漂うイグサの香りを、私は鼻孔を膨らまして思う存分吸い込んだ。

「畳、綺麗にしたんだね」

私の言葉に、「あんまり古いとみっともないやろ」と祖母は答えた。

線香に火をつけ、まずは仏壇の前で手を合わせる。額に収まったご先祖様の写真の中には、祖父の顔も含まれていた。

床の間の隣に置かれた棚には、着物姿の姉と私の写真が飾られている。たくさんあるDVDの大半は、祖父が撮影したものだった。初孫である姉が生まれた際、その一挙手一投足を映像に残そうと随分と張り切っていたらしい。『咲綾　九歳　運動会』とラベリングされた映像は、私も見たことがある。例の、姉が側転を失敗した時の動画だ。未だ目を瞑って手を合わせている姉の横顔を、私はちらりと盗み見た。

確かにあの日、姉は側転を失敗した。でも、その記憶は皆の頭の中にある。私が綺麗に決めた側転は、誰も覚えていないけれど。

「それじゃあ、ちょっとゆっくりしとき。おばあちゃんがご飯作るから」

腰を上げた祖母が、おもむろに襖《ふすま》を開く。「手伝うよ」と、慌てて立ち上がろうとした私を、祖母は手を振ることで制した。

「真綾ちゃんは今日くらい休み。おばあちゃんいっつも一人やから、誰かのためにご飯作るの嬉しいねん。それに、料理言うても鍋やし、すぐできるわ」

「……じゃあ、明日の晩ご飯は私が作るね」

「それは楽しみや」

ふっふ、と笑いながら祖母は台所へと消えていった。その背中を見送り、私は畳へと倒れこむ。トランクを広げていた姉は、充電器を手にきょろきょろと部屋を見まわしていた。

「もう充電なくなったの？」

「電波悪いからかなぁ？　こっち来るとすぐなくなる」

「コンセントならそこだよ。隅っこ」

「あぁ、そうだった。忘れてた」

嬉々としてコンセントに充電器を差し込む姉の後ろ姿を、私はぼんやりと眺めていた。広い家だと思った。冷房がないため、この家ではガラス戸をすべて開け放していた。

る。延々と続く空間は暗く、どこか寒々しい。こんなところに、祖母は一人で住んでいるのだ。ピカピカの畳に頬を擦りつけるようにして横になる。耳を澄ませば、窓の外でガァガァと蛙が鳴いていた。

「そういえば、最近アップしてないね。料理の画像」

振り返った姉が、私の顔を覗き込む。茶色を帯びたまん丸の瞳が、冴《さ》えない妹の姿を映し出していた。

「まあ、なんとなくね」

「あのレアチーズケーキ美味しかったよ。画像、あげればよかったのに」

「そういう気分にならなくて」

「そう？　勿体ないなぁ」

屈託なく笑う姉は、蛍光灯の真っ白な光を背負っていた。ふんわりと伸びた髪、真っすぐに伸びる首筋、チュニックから剝き出しになった肩。それらと世界を区切るように、彼女の体軀の輪郭線が白い光で縁取られている。

もし、心の奥底に眠る本音を口にすることができたなら、姉はどんな顔をするのだろう。お姉ちゃんなんて嫌いだ、私の居場所を全部奪っていっちゃうから。そう言ったら、彼女を傷つけてしまうだろうか。

「……この家、いつも静かなのかな」

目を伏せて、私は言った。台所までは距離があり、祖母の気配は感じられない。

「静かじゃなくない？　今だって蛙の声がうるさいし」

ガガァ、と蛙の合唱が一層活発になった。姉が僅かに顔をしかめる。それもそうだね、と私は曖昧に頷いた。全然そうだとは思わなかったけれど、説明するのが面倒だった。

「あー、私も今日は疲れちゃった」

そう唸るように声を発して、姉は豪快に畳の上で大の字になった。その姿に、前回のテスト範囲の内容が脳裏を過ぎる。

「大の字に、寝て涼しさよ、淋しさよ」

呟いた言葉に、「小林一茶だね」と姉が目だけをこちらに向けた。

「なんとなく、似てるなって」

「んふふ。大の字だし、涼しいしね」

本当は、淋しいってところが似ていると思った。でも、それをわざわざ口にするのはなんだか気恥ずかしかった。唇を軽く嚙み、私は目を伏せる。

淋しいという気持ちは、言葉にすると嘘っぽく聞こえる。私の内に潜む、疎外感、孤独感、劣等感。ネガティブな感情たちを、私はいつもひた隠しにして生きている。

姉みたいに、困ったときに助けてと言える人間になりたかった。努力していると思われたら恥ずかしいから、何でも出来るような顔をして。自尊心の鎧《よろい》で自分を覆っているうちに、気付けば頑張っている状態が当たり前だと思われるようになっていた。背伸びした分の私の努力は、自分だけしか見ていない。幼い頃の側転と同じだ。成功することが当たり前だと思われているから、誰の記憶にも残っていない。

「涼しは夏の季語だねぇ。三夏だよ、三夏」

出し抜けに、講師ぶった口ぶりで姉は言った。瞼をゆっくりと上げ、私は姉の方を見遣る。「サンカ?」と首を捻れば、彼女はむくりと身を起こした。見開かれた両目には、キラキラと生気が漲《みなぎ》っている。

「そう。初夏、仲夏、晩夏の総称。陰暦の四月、五月、六月辺りだね」

「へー」

「ほら、他に教えて欲しいことはない?　国語は得意科目だよ」

「いや、特にないけど」

「なんだー。せっかくたまにはお姉ちゃんらしいことができると思ったのに」

がっくりと肩を落とす姉の、仕草の一つ一つが私の気道を圧迫した。あなたが好きだ、あなたの力になりたい。無邪気に示される好意が、今の私には毒だった。頬の筋肉が強張るのを感じる。腹の底に沸き上がる不愉快さを押し込めるように、私は唾を呑み込んだ。それを見て何を勘違いしたのか、「世界史も得意だから！」と姉は口早に言い募った。

「はいはい、お姉ちゃんが世界史得意なのは知ってるよ」

「真綾はなんでも出来ちゃうよね。国語も数学も英語も……家庭科も、体育だって」

「そんなことないよ。大体、家庭科と体育はお姉ちゃんが出来なさすぎるだけだし」

「えー、私は普通だもん。真綾はさ、昔から器用だし運動神経もいいよね。ほら、小四の時の運動会とか」

息が止まった。動揺を隠せない私を他所《よそ》に、姉は片膝を立てたまま思い出を辿っている。

「私が小四の時は側転失敗しちゃったんだよね、練習の時も全然成功しなくて。あの学校って、なんで四年生になったら組み体操やらせるんだろうね、足に砂が食い込むのが嫌だったな」

「伝統って、先生は言ってたけど」

「そんな伝統いらないよー。あ、でも、真綾の側転は凄く綺麗だったよね。倒立も上手だったし、私、真綾は体操部に向いてるんじゃないかって本気で思ったもん」

あはは、とまるでなんでもないことのように姉は笑った。カラカラに乾いた唇を湿らせようと、私は舌先で口端を舐めた。ざわりと蠢《うごめ》く心臓の鼓動が、鼓膜にへばりついていた。

「覚えてるの？」

「何が？」

「その……運動会のこと」

「真綾は覚えてないの？」

「そんなことないけど」

ただ、自分以外の誰かが記憶しているとは思っていなかった。膝を抱き込み、私はその場で丸くなる。

「お姉ちゃんはどうでもいいことばっかり覚えてるんだね」

「どうでもよくないから覚えてるんじゃない？」

「私の側転が？　もっと覚えておくべきことはいっぱいあるじゃん」

「そんなこと言われてもなぁ。私はただ、思ったことを言っただけ。前に真綾も言ってたでしょ？　思ったことを言えばいいって」

「言ったっけ？」

「言ったよ。私、真綾に関することはよく覚えてるんだから」

誇らしげに胸を張る姉に、私は根負けしたように相好を崩した。眉が垂れ、口角が勝手に上がる。熱を孕む夜風が私の背中をそっと押した。もう認めれば、と胸中に潜む誰かが言った。私はきつく目を瞑る。

本当は、嫌いになんてなれるわけがなかったのだ。だって彼女は私を愛している。善意を悪意で返せるほど、私は強い人間じゃない。

「ねえ、さっきの話ってまだ有効？」

私の問い掛けに、姉は首を傾げた。

「さっきのって？」

「教えて欲しいことない？　ってやつ」

「有効！」

「じゃ、体育教えてよ。私、お姉ちゃんの側転が見たいなぁ」

甘えるように告げたお願いは、少し意地悪すぎただろうか。姉が慌てたように立ち上がる。

「えー、無理だよ。小学校の時だってできなかったのに。大体、私なんかより真綾の方が上手でしょ？」

「ま、そりゃそうだけど。お姉ちゃんのが見たいなーって」

「そう言われると……あ、良いこと思いついた！」

パン、と姉が両手を打ち鳴らす。なんだか嫌な予感がする。姉が思いついたと言い出す時は大抵ろくなことにならないのだ。「何？」と私が尋ねるより先に、姉はコードの差し込まれたスマートフォンを拾い上げた。

「私らの側転、おばあちゃんに撮ってもらおうよ。で、お母さんたちに見てもらうの」

「えっ」

「姉妹の成長記録！　多分、二人とも喜ぶよ」

「そうかなあ」

そんなくだらないことに他人の手を借りるのはどうなのだろう。私が制止の声を上げるよりも先に、姉は「おばあちゃーん」と元気よく走って行ってしまった。ドタドタと騒がしい足音が、周囲に散らばる淋しさを掻き消していく。やれやれと呆れた顔を作りながら、私はその場で大の字になった。

外から吹き込む夜風は涼しく、目を凝らしても見えないほどにひどく透き通っている。爽やかなイグサの匂いを嗅ぎながら、私は力んでいた背中を伸ばした。今日の晩ご飯は、久しぶりに写真を撮ってもいいかもしれない。何故だかふと、そんなことを考えた。

作戦と四角

しんがっきーでびゅー【新学期デビュー】新学期の初日、大胆なイメージチェンジを行った人間に対して用いられる語。広告で目にすることが多く、眼鏡からコンタクトレンズへの移行を推奨するものが多い。類義語に高校デビュー、大学デビュー等がある。

出典　なんてないですけど。

新学期だ。そう、今日から二学期。長い夏休みを終え、久しぶりに会ったクラスメイト達は、皆多かれ少なかれ私の記憶にあった姿から変化していた。長かった髪をばっさりと切り落とした子もいれば、真っ白な肌を見事な小麦色に焼き上げた子だっている。なんたって、新学期だ。皆、以前の自分よりもっと素敵な自分でいたい。その気持ちは理解できる。美しくなるのに理由はいらない。そんなこと、私だって重々承知だ。だが！　だがしかし、だ。果たしてその美しいという概念は本当に正しいのか。多くの人間が知らず知らずの内に誤《あやま》った方向に進もうとしているのではないか、と、そういうことを私は訴えたいわけである。

「すみれちゃん可愛くなったね」

「眼鏡無い方が明るく見えていいよ」

「デビュー成功だねぇ」

キャッキャ、と教室の隅で甲高《かんだか》い声が聞こえた。塩バターアンパンを齧りながら、私は意識だけをそちらに集中する。文化部に所属する女子生徒だけで作られている八人グループは、基本的に温厚な人間ばかりが集まっていた。その中で、今日の話題の中心にいるのは吹奏楽部の柿本《かきもと》すみれだ。私と同じサックスパートに属している。

長い黒髪をハーフアップにし、アイボリーのリボン型ヘアクリップで留めている。眉を隠すふんわりとした前髪に、おっとりとした顔立ち。少女趣味で、休日はフリルの多い私服ばかり着ている。彼女はついこの間まで、ブラウンの細ぶち眼鏡を掛けていた。胸焼けするほどの可愛いを搭載した彼女の魅力をさらに引き立てていたのは、あの素敵な眼鏡だったのだ。なのに！

「……出たー。泉のアレ」

ぼそり、と横から声が聞こえる。はにかむすみれから視線を引き剝がすと、呆れを隠そうともしない真綾と目が合った。彼女の素朴な顔も好みだが、もし眼鏡を掛けてくれたならさらに加点するのに。

「アレって何よ、アレって」

「どうせいつもの発作でしょ？　眼鏡好き好きビーム、みたいなやつ」

「そんなビーム出した記憶ないんですけど。私はただ、この世界に存在する全人類は須《すべか》らく眼鏡を掛けるべし教に入信してるだけ」

「なにその宗教。こわっ」

わざとらしく真綾が身を引いた瞬間、その箸先に摑まれていた茄子《なす》がぽとりと蓋の上に落ちた。「眼鏡神の怒りです」と厳かな口調を作って言えば、「馬鹿じゃないの」と真綾は笑った。

「でもマジな話。コンタクトなんて百害あって一利なしじゃん。高いし、ドライアイにもなるし、たまに目の奥に入り込んだりするし。何故多くの人間はそれでもなお、コンタクトにしたがるのか。眼鏡教最大の謎よ、コレ」

「いやいや、スポーツの時とか眼鏡なんかやってらんないからね。あと、眼鏡取ったら美人になる子もいるじゃん、少女漫画的な」

「あんなもんはフィクションですから、超絶フィクション！　大体、眼鏡なくて美人な子は、眼鏡あっても美人だからね。眼鏡は言わば加点アイテムなわけよ。百点満点な美人さんも、眼鏡を掛けることで百二十点になるの。ドゥーユーアンダースタン？」

「あー、ハイハイ。オーケーオーケー」

うんざりした顔で、真綾がひらひらと手を振った。さすが我が友、理解してくれて嬉しいよ。あんこの無くなったアンパンの欠片を口の中に放り込み、今度はシリアルバーを取り出す。ドライフルーツの練り込まれた栄養補助食品だ。

「うわー、偏りすぎ」

色彩豊かな弁当を毎日学校へ持参する真綾にとって、私の食事は見るに堪えないものなのだろう。口を酸っぱくして注意してくれるのは有り難いが、残念なことに私のものぐさな性格が食生活を改善しようという気持ちにさせてくれない。

「大丈夫大丈夫。これ、栄養補助食品だから」

「それのどこが大丈夫なの」

「ほら、『貴方の健康生活をサポートします！』て書いてあるし。見て？　ここ、ビックリマークついてるんだよ？　ここまで自信満々に言われたら、まあ私としても信頼するのにやぶさかでないというかさー、ほら、熱意に負けたってやつよ」

「いやいや、なにしれっとパッケージのせいにしてるの。大体、これはあくまでサポートだから。これさえあれば大丈夫とは書かれてないから」

「でもねー、面倒だから」

美味しいものを食べるのは好きだ。真綾からおかずを分けてもらうと、ちゃんと嬉しく思う。でも、それだけだ。自分の労力を割かなければならないのなら、食事なんて別に欲しいと思わない。点滴や薬だけで一日分の栄養が摂れる未来が、いつの日かやってくればいいのに。

「そんなんじゃ体壊すよ?」

まめに忠告してくれるのは、真綾の優しさの表れだ。彼女のこういうところが、私には非常に好ましい。ありがとうの気持ちを込めて、パック詰めのドーナツを一つ差し出す。

「まあまあ、これでも食べたまえ」

「こんなんじゃ買収されないからね」

口ではそう言いながらも、真綾の手は既にドーナツへと伸びている。素直じゃない奴め、と含みのある微笑をこぼしながら、私は頭の中で彼女の顔に眼鏡を掛ける。ハーフリムの、オレンジフレームなんてどうだろうか。きっと真綾にはよく似合う。

「ね、真綾も眼鏡教に入信しない？」

「私はコンタクト派だから」

何度目かの誘いを、彼女は今日も即座に断る。眼鏡教の布教活動は、現代の日本社会では非常に難しいのであった。


泉ちゃん、とすみれが私の名前を呼ぶ。その首からぶら下がったストラップには、アルトサックスが吊るされている。私が担当しているテナーサックスよりも音が高く、主旋律を担当することの多い楽器だ。

リードから口を離し、私は椅子ごとすみれへ向き合う。吹奏楽部の放課後練習は、大半が個人練習に充てられる。部員たちは楽器ごとに割り振られた教室で、日々練習に勤《いそ》しんでいるのだ。……と、説明すれば聞こえはいいが、実際のところは雑談も交えつつののんびりとした環境だ。世間的には進学校に分類される我が校の吹奏楽部は、『目指せ！　全国』などという華々しい目標を追いかける強豪校とは対極にある。勉強優先、部活はあくまで趣味程度で、というのがこの部の暗黙の了解であり、音楽の楽しさの上澄みだけを掬ったような活動内容に私は非常に満足していた。だって、部活はあくまで部活だ。それ以上のものを求められても、好きな人が集まって学校外でやれば？　としか思えない。同じ文化部でも、放送部は随分と熱心に活動しているみたいだが。確か、今年も全国大会に出場していた。

「泉ちゃん、これ」

「んー？」

首を傾げると、すみれはおずおずと私へ紙の束を差し出してきた。

「次の演奏会の楽譜。ちゃんと枚数数えてね」

「あー、ハイハイ。了解」

飛んでいるページがないことを確認し、私はすみれの顔を見上げる。柔らかな彼女の頬は本当は白く透けているけれど、私と話すときにはいつだってうっすらと赤く色付いている。私と話す女子は、大抵こういう状態だ。

「あ、あのね、泉ちゃんってさ、いっつも一人で帰ってるよね」

「うん、そうだけど」

「あの、もし良かったらなんだけどね、その、今日、一緒に帰らない？」

「別にいいけど」

「ほ、ほんと？　本当に？」

黒い瞳を滲ませ、すみれが念を押すように同じ言葉を繰り返す。それに苦笑を返しながら、私は長いと自負している脚を組む。シンプルなデザインのスラックスが、筋肉質なふくらはぎにぴたりと張り付いていた。

「そんなに念を押す必要ある？」

「だ、だって、泉ちゃんを誘うの、緊張しちゃうんだもん」

「なんでよ。友達なのに」

「それはそうなんだけどね。でも、嬉しい」

照れたように笑う彼女の目に、私はどんな風に映っているのだろう。窓硝子《まどガラス》に映り込む自分の顔は、並大抵の男子よりはよっぽど凛々しい。短い黒髪に、メタルフレームの眼鏡。シャツの襟元から落ちるネクタイが、起伏のない胸に垂れている。中性的な容姿であることは重々承知の上だし、もっと言えば自分が男子寄りの存在として見られていることも自覚している。女子の枠からはみ出た位置でいることは、学校の狭い人間関係の中ではメリットの方が多い。女子からの好意は私の優越感をくすぐるし、何より女同士のマウンティングに巻き込まれなくて済む。

「じゃ、まずは練習だね」

受け取った楽譜を顔の横で揺らすと、すみれはコクリと頷いた。友人にしてはぎこちないやり取りだったが、こう見えて私は吹奏楽部の面々とは親しい方だ。つい一週間ほど前にも、すみれを含めたサックスパートのメンバーで遊びに行った。その時はまだ、彼女は眼鏡を掛けていたけれど。

楽譜を確認する体を装いつつも、私の意識は既に休日の情景へと飛んでいた。

あの日は、ひどい雨だった。

学校から三駅ほど電車に乗った先に、そのショッピングモールは存在した。全国展開している大型施設は、どの町で入ろうともほとんど同じラインナップをしている。服屋を冷やかし程度に回り、フードコートで少し遅めの昼食を摂る。事前にネットで予約していた映画は十六時開始だから、まだ二時間も余裕があった。どうしてもこの映画がいいという友人の強い希望で見ることに決めたものの、ポスターから放たれるB級映画臭に今から不安を感じている。予告では、何故だか女子高生がスパイとなって宇宙人と戦っていた。

「あっつ、タコ焼きに殺されるかと思った」

「だから半分に割ってから食べろっていつも言ってるのに」

「そしたらタコ焼き食べる意味なくない？　やけどしながら食べるのがいいんじゃ

ん」

「なにその理論。どうでもいいけど一個ちょうだい」

友人の一人がタコ焼きを箸で裂き、それを他の子が慌てて制止している。フードコートは良い、各々の好きなメニューを選べるから。鉄板に載ったステーキにフォークを突き刺し、私は脂身の多い肉を口に運ぶ。

サックスパートの一年生は五人だ。特別に親しいとは思わないけれど、普通の友達と呼ぶには仲がいい。親密さを仰々しく強調するような振る舞いを求められない関係を、私はかなり気に入っていた。

「泉ちゃんはステーキなんだね」

隣の席に座っていたすみれが、こちらの手元を覗き込む。彼女の前に置かれた餃子《ギョーザ》は、注文時にニンニクが抜かれている。ニンニクを抜くぐらいなら餃子を注文すべきでないと過激派の人間は主張するかもしれないが、好物と恥じらいが衝突した時の折衷案としてニンニク抜き餃子は高い需要を誇っているわけである。

「なんか、無性に肉が食べたくてさ。すみれは餃子だけ？　そんなんじゃ映画中にお腹空かない？」

「少食だから、そんなに食べなくても大丈夫。あんまり食べても太っちゃうし」

「無理なダイエットはよくないよ。食べれる時に食べないと」

「そうやっていっぱい食べられるの羨ましい。私、背も低いし、胸ばっかりお肉ついちゃうんだ。童顔なせいで子供っぽく見られるし」

このすみれの台詞を卑下と取るか自慢と取るかは人次第だ。彼女を好意的に思っている人は可愛いと感じるだろうし、そうでない人はイラッとするかもしれない。私の場合、ただただどうでもいいなと思っている。他人のどこに贅肉がつくかなんて、たいして重要視すべき情報ではない。

付け合わせのポテトを喉の奥に流し込み、私はシンプルな相槌を打った。

「へえ、そうなんだ」

「泉ちゃんは細いけど運動とかしてるの？」

「んー、特にしてないけど、小学生の頃からフラフープ回しながらテレビ見てる」

「すごいね。ダイエット？」

「というより、習慣かな。昔、母親が通販サイトでおもり付きのフラフープ買ったんだよね。真似して私も始めたら、当の本人は三日坊主になって何故か私だけが続けてるってワケ」

「やっぱくびれを作るには運動が大事なんだねぇ」

すみれは深く頷いているが、そこまで感心されるほどの内容でもないだろう。最後の餃子を食べ終えた彼女は、ゴソゴソと自身のポケットを探った。中から取り出されたのは、先ほど配布されていたポケットティッシュだ。口についたタレを拭うすみれに、正面に座っていた友人が揶揄《やゆ》するような口調で言う。

「さすがすみれ、女子力高い」

「口拭《ふ》くだけで女子力高い認定？　だったら私のイチゴパフェの方が女子っぽいと思うんですけど」

「拭き方が可愛いかったから。あとそのパフェ、イチゴの盛り方が禍々《まがまが》しいから女子力っていうより魔女力高そう」

「魔女力ってなに」

「今私が勝手に作った概念だけど。盛り方が凄くてもはや何目指してるのか分かんないのが魔女力でー、戦闘力高そうだったら魔王力。いつでも使っていいよ」

「絶対使わないんだけど」

あはは、と一人が笑い、それに釣られるようにして他の子たちも笑った。恥ずかしそうに目を伏せるすみれを横目で捉え、私はトレイに添えられていた紙ナプキンで唇を拭いた。

女子力という単語は嫌いだ。女子に限定する理由が分からないことが多いし、そもそも女子らしさを評価しようとするその発想が気に食わない。サラダを取り分けられるのは気配りの出来る人で、可愛らしい仕草をするのはそういう振る舞いをする人、だ。

話題を変えるように、私はすみれのポケットティッシュに挟まった広告紙を指さした。

「コンタクトの宣伝、最近多いよね」

「あ、うん。そうだね。眼鏡してると特によく貰う気がする」

耳に掛けた眼鏡フレームに、すみれはそっと指先で触れた。透けるような色合いのブラウンのフレームは、彼女の柔らかな雰囲気によく似合っていた。

「泉ちゃんって、いつから眼鏡してるの？」

「私？　んー、中一の頃かな」

「たまに違う眼鏡してるよね、何個くらい持ってるの？」

「今使うのは四つとか。その日のテンションで決めてる」

「えっ、そんなに」

「すみれは一個だけ？」

「うん。おばあちゃんに買ってもらったの」

そう応じながら、すみれは丁寧に眼鏡を外した。フレームの内側には小さくリボンのマークがついている。掛けている時には見えない、自己満足の可愛さだ。

二人の会話を聞いていた友人が、会話に口を挟んでくる。

「そういやさ、泉はなんで眼鏡がそんなに好きなの？」

「存在そのものが尊いから」

「そうじゃなくて、なんかきっかけとかあるのかなって」

「きっかけか」

顎を擦り、私は自身の記憶を探る。多分、最初は年上の従姉《いとこ》の影響だった。六つ年上の彼女は私の憧れの存在で、小学校低学年の頃は彼女によくついて回っていた。その鼻にかかっていた、シャープなデザインの白ぶち眼鏡。個性的なデザインではあったが、彼女はそれを上手く自分のものにしていた。

彼女がコンタクトレンズにしたのは、高校受験の時だ。「面接の練習中にさ、その眼鏡は面接を受けるのには向いてないって先生に言われちゃって」と、笑い交じりに報告された。それを聞く親戚たちも、彼女の言葉に何ら違和感を覚えていないようだった。「確かに面接にはねぇ」とか「あのデザイン攻めてたし」などと好き放題言っていたのを朧気《おぼろげ》に覚えている。あの時、まるで当然とばかりに流れた空気に、私一人だけが納得していなかった。

そもそも、面接に向いた眼鏡とは何なのか。面接に向いた服装、面接に向いた髪型、面接に向いた言動。そんなものを求めた先に、一体何があるのだろう。生地からクッキーを作るみたいに人間を型で抜いて、はみ出た部分を切り捨てる。余った端きれをまとめて作り直すこともせず、商品にならない個性はごみ箱へと消えていく。

中学生になったのをきっかけに私は眼鏡を掛け始めた。「眼鏡が無い方が可愛いよ」と言う人もいたし、「眼鏡がある方が知的に見える」と言う人もいた。だが、彼らの言葉なんてどうでも良かった。私はただ、好きだから眼鏡を掛けているのだ。

「きっかけなんて、そんな大したもんはないよ」

笑顔に包んで返した言葉に、友人は消化不良だと言わんばかりに唇を尖らせた。

「でもさぁ、眼鏡ない方がモテるじゃん」

「別に、あってもモテるけど？」

「泉の場合は女子からでしょ」

「そのとーり」

指と指の間に挟んだフォークをひらひらと揺らして見せれば、友人たちは納得したように頷き合っていた。もしも今の会話が『男子から』という内容であれば、彼女たちは素直に受け入れてくれただろうか。

並ぶ肩越しに、私はガラス壁の外を眺めた。降り注ぐ雨粒が空気を白く染め上げ、退屈な世界を塗り潰そうとしている。コンタクトレンズ、ブルーライト。広告紙に印刷された文字が脳内で点滅する。私は目を閉じ、ひどく滑稽な妄想に耽《ふけ》った。

電子端末の普及が影響し、人間の視力は低下し続けている。仕事をするのにパソコンを開き、退屈をしのぐのにスマートフォンを弄《いじ》る。ブルーライトはもはや我々の親友であり、戦友だ。薄っぺらに光る四角の端末を、人々は飽きることなく凝視している。きっとこの現実は、人知を超えた存在が企てた素晴らしき作戦の成果なのだ。全人類眼鏡計画、とでも称するとしようか。世界中の人間に眼鏡を掛けさせるために、神はブルーライトを与えた。だがしかし、悪の科学者がコンタクトレンズなるものを発明した。もしもタイムマシーンが作られたなら、私は絶対にコンタクトレンズを発明した人間を暗殺してやる！　レーシック、お前もだ！

想像しているうちに可笑しくなって、私は声を殺して笑った。自分の世界に浸っていた私の耳に、不意にすみれの声が飛び込んでくる。

「私、コンタクトにしようかな」

間髪を入れず、「いいんじゃない？」と誰かが適当な言葉を吐いた。

「眼鏡よりいいよ」

「やってみなよ」

皆が無責任に同意し、すみれも満更でない顔をしていた。会話の流れを摑み損ない、私は黙ってステーキを頰張ることしか出来ない。筋張った肉を何度も嚙むと、人気のあるガーリックソースも次第に味気の無いものに変わっていった。


ホームに到着した電車の中は、ラッシュ時だというのに閑散としていた。快速電車は毎回ひどく混雑しているが、各駅停車の電車はいつも空いているのだ。時間を節約するために奴隷船みたいに鮨詰《すしづ》めになって移動するだなんて、合理的なんだか馬鹿なんだかよく分からない。働くことと苦労することって、本当はイコールじゃないはずなのに。

藍色のシートに、すみれと隣り合わせに座る。太ももの上にスクールバッグを乗せたすみれは、行儀よく脚を揃えて座っていた。膝同士をぴったりくっつけ続けるのって疲れるのに、女の子って偉い。それが可愛く見られたいって努力のうちはいいけれど、見苦しく思われたくないって理由だったら最悪だ。自分で自分をプラスにするのは楽しいけれど、勝手にマイナスのレッテルを貼られて、それをゼロにするために頑張っているんだとしたら窮屈な生き方だなと思う。

「前から聞いてみたかったんだけど、泉ちゃんってどうして男子用の制服着てるの？」

こういう質問は慣れっこだ。ズボンタイプの制服を選んだ日から、浴びるように尋ねられてきたから。私はシートの背もたれに体重を掛けると、ついと唇の片端を上げた。

「男子用の制服じゃないよ。ネクタイもズボンも、女子と共用でしょう？」

「そうだけど、珍しいなって」

「似合わない？」

「すっごく似合ってるよ。泉ちゃん、いつもカッコいいもん」

すみれのローファーの先端がもぞりと動いた。その肩の向こう側で、一人の女子生徒が優先座席の真ん中を陣取っている。白色のセーラーワンピースは、私立女子校の制服だ。容姿に恵まれた人間以外には着こなせない制服だと以前から思っていたが、美少女が着るとここまで破壊力のあるデザインだとは知らなかった。彼女の長い髪は亜麻色に染められ、一見すると清楚な印象を受ける容貌にはあたかも化粧をしていないかのように見せるための技術がこれでもかと詰め込まれている。一言でまとめるなら、信じられないくらい可愛い、だ。あれで眼鏡を掛けてくれたら完璧なのに、と内心で歯嚙みする。

「泉ちゃん、聞いてる？」

袖《そで》を引かれ、私は慌てて視線を戻す。少し拗《す》ねたように頰を膨らませるすみれは、間違いなく可愛らしい。「ごめんごめん」と形だけの謝罪を口にすれば、彼女はへにゃりと眉を下げた。

「えっと、何の話だった？　私が制服のスカートを着ない理由、だっけ」

「そう。どうしてかなって」

「女子だからだよ」

へ、とすみれの口から声が漏れた。突き刺すような街の灯りに、その虹彩が収縮する。

「女子だから、ズボンなの」

「どういうこと？」

「私、自分に性別があることが嫌なの。女子でいることも嫌だし、男子になることも嫌。だからね、ズボンを穿いてるの。もし私が男に生まれてたら、多分スカートを穿いてたんだろうね」

「んー……」

「よく分かんないでしょ。自分でも分かってないから」

ただ、性別に飼い慣らされるのは昔から好きじゃなかった。幼稚園時代のアルバムには、拙《つたな》い文字で当時の夢が書き添えられている。
Q　大人になったら何になりたいですか？
A　カタツムリさん
渦巻きの殻を背負う生き物に憧《あこが》れたのは、図鑑を見て雌雄同体だと知ったからだ。性別の煩わしさから、とにかく早く逃げ出したかった。そんな私を大人たちは変わっていると評価した。面接時の眼鏡と同じだ。大人はすぐに、子供を型にはめたがる。

親戚がくれるプレゼントだって、いつも不満でいっぱいだった。女の子だからともらった五歳の時の着せ替え人形、男っぽいからともらった七歳の時のラジコンヘリ。それらは確かに私が望んだものだった。しかし、その理由が頂けない。私は、私だからその玩具が欲しかったのだ。女だからとか男だからとか、そんなことは関係ない。だが、その感覚を他者に理解してもらうのは難しいことも理解している。私は周囲から男子のような恰好をしたい女子だとしか思われていない。他者に理解を求めるには根気と忍耐が必要で、私はそれを初めから放棄していた。だって、他人とかどうでもいい。

つまり、とすみれは吟味するように言葉を紡いだ。

「泉ちゃんは、自分の性別が女子でも男子でもしっくりこないなって思うってこと?」

「ざっくりと言えばそうだねぇ。生き方模索中って感じ」

すみれがこちらを見る。眼鏡をやめた彼女の瞳を、遮るものは何もない。薄い水幕に覆われた双眸は、ぐらぐらと儚《はかな》く揺れている。リップクリームの乗った唇から、甘い桃色が漂った。

「それって、なんだか可哀想だね」

トーストの表面で何度もジャムを伸ばしたみたいに、その柔らかな声音にはたっぷりと憐憫《れんびん》が塗りつけられていた。同情って素晴らしい武器だ、本人を綺麗に飾り立ててくれる。うんざりした気持ちを舌の裏で圧し潰し、私は他人から美しく見える表情を繕った。

「すみれはなんでコンタクトにしたの?　なんか理由があったり?」

「あっ、いや、たいした理由じゃないんだけど……」

「けど？」

「ただ、可愛くなりたくて」

羞恥に目を伏せる彼女の姿は、まさに年ごろの女の子といった具合で大変愛らしい。だがしかし、眼鏡をはずす＝可愛くなるという図式が世間一般に定着している事実が、私にはひどく残念だった。

「泉ちゃんはコンタクトにしないの？」

「しないよ」

「なんで？」

「眼鏡が好きだから」

「変わってるね」

すみれが言った。中指で、私は眼鏡のブリッジを押し上げる。

「それを言ったらわざわざコンタクトにする人間の方が変わってるよ」

「でもね、もし目が悪い人全員が眼鏡にしたら、道行く人みんなが眼鏡してることになるんだよ？　怖くない？」

「天国じゃん」

「筋金入りなんだねぇ」

ふふ、とすみれの口から笑みがこぼれた。呆れているのか、単に面白がっているのか。揺れる電車の外側で、真っ暗な夏が死んでいる。車内から漏れる黄色の光が、青い空気に秋を灯《とも》した。

「私は、すみれは眼鏡掛けてた時も可愛いかったと思うよ。勿論、今も可愛いけど」

「そんな、全然可愛くなんてないよ」

必死に首を横に振るすみれを、私は頬杖を突いて眺める。彼女の謙遜は、どこまでが本心なのだろう。他者に好かれることと迎合することは全く別物であるはずなのに、ぴったりと寄り添っているせいで区別するのが難しい。

「言っとくけど、これ、お世辞じゃないからね」

「あ、ありがとう」

電車は徐々に速度を落とし、街はずれの駅に停車する。頬に掛かる髪を耳にかけ、すみれはすくりと立ち上がった。銀色のポールに触れる彼女の指先が、名残惜しげに震える。

「私、ここで降りるから」

「また明日ね」

「うん。また明日」

扉の向こう側に消えていく背中を、私は手を振りながらぼんやりと見送る。やがて扉は閉まり、電車は再び動き始めた。路線図を見上げると、終点まであと六駅だった。狭い車内を、沈黙だけが支配している。重くなる瞼を閉じると、柔らかな闇の奥で真っ白な光が点滅した。

「なんでさ、可哀想とか言わせたの」

降りかかってきた声に、私はゆっくりと目を開く。いつの間に移動していたのだろう、目の前に立っていたのは先ほど優先座席を独占していた美少女だった。気の強そうな瞳が、短い前髪の下でその存在を主張している。つり革にぶら下がったまま、彼女はこちらをじっと見下ろしていた。

「な、なにが？」

まず、お前は誰だ。訝しむ気持ちが顔に出ていたのか、彼女はポケットに手を突っ込むとプラスチック製の名札をずいと私の眼前に突き付けた。

「……清水《しみずち》千明《あき》？」

「そ。清水さんでいいよ。あ、そっちの自己紹介はいらないから。他人の名前とか興味ないし」

スンと鼻を鳴らす彼女は、随分と勝手な人だった。距離の詰め方が尋常でない。だが、そういう奔放な人間は嫌いじゃない。組んでいた腕をほどき、私は顎を軽く突き出す。

「で、一体何の話？」

「さっきの話。なんかお前、地味そうな子とごちゃごちゃ喋ってたじゃん。男がどうだ、女がどうだって」

お前、と私を呼ぶ舌足らずな声は、口調の荒さに反比例するみたいに可愛らしかった。ハスキーだと言われる私の声とは正反対だ。

「聞いてたの」

「聞いてたんじゃなくて、勝手に聞こえてきたの。お前らの他に私しかこの車両にいなかったんだから、会話が聞こえて当然でしょ。アタシさぁ、ああいう地味で男受け良さそうな女嫌いなのね。大体タチ悪いじゃん」

初対面の人間に告げるには、なかなかブラックな台詞だ。私は苦笑した。

「偏見すぎない？」

「はあ？　偏見じゃなくて統計だし」

「あと、口が悪い」

「それはお前が他人だからだよ。言っとくけど、マジな知り合いだったらこんな話し方しないから。大体さ、これから一生会わない相手に気ぃ遣ってどうすんの」

「分かんないじゃん、これからも電車でばったり会うかも」

「ないない」

まるで鼻歌でも歌うように否定の言葉を口にしながら、清水はドサリと私の隣に腰かけた。そんなに脚を広げて座ったら、スカートの中身が見えそうだ。視線に気付いたのか、清水が自身のスカートの端を摘《つま》み上げる。

「この制服さ、ダサくない？」

「清楚で可愛いじゃん。自分で着たいとは思わないけど、清水には似合ってるよ」

「清水じゃなくて清水さんな。お前、どうせ年下だろ？　言っとくけどアタシ、十八だから」

「本当？　私は十六。ちなみに好きな教科は英語で、苦手な教科は国語」

「いや、お前のパーソナルな情報とかいらないし」

「それはこっちの台詞なんだけど。一方的に絡んできた癖に面倒なこと言うね」

「だって暇なんだもん」

「もんとか言われても」

「可愛いんだから許してよ」

　ぬけぬけと言い捨てられた台詞に、私の口から「ひっ」と変な笑いが出た。だって、可笑しいじゃないか。見も知らない相手と、こうやって会話しているだなんて。

「清水はどの駅で降りるの。私は終点まで行くけど」

「個人情報探るとか、お前ストーカーかよ」

「理不尽すぎでしょ。世間話だよ、世間話」

「じゃ、サウザンクロス駅」

「ここは銀河鉄道だったのか」

軽口に軽口を返せば、清水は「お」と目を丸くした。宮沢賢治《みやざわけんじ》の『銀河鉄道の夜』は、小学生の頃の読書感想文の課題図書だった。本を読むのが嫌いだから、中学校の読書感想文でも使いまわした記憶がある。今なおその内容を理解できてはいないが、つい口に出したくなるような独特の固有名詞だけは脳味噌にこびりついていた。

「よく分かったね。さすがはジョバンニ」

「じゃあ清水はカムパネルラ?」

「カムパネルラはあの駅では降りないよ」

「そうだっけ? よく覚えてるね」

「あの話、好きだから」

意味深長な吐息を漏らし、清水は窓の外へと視線を移す。遠くを走る高速道路に、橙色の光が規則正しく並んでいる。空の端で点滅する飛行機の赤を見つけ、「あれがさそり座だよ」なんて冗談を思いついたが、物憂げな清水の横顔を前に私も言葉を飲み込んだ。

「アタシさ、昔から電車が好きなのね」

清水は口を開いた。

「詳しいとかじゃなくて、本当単純に好きなだけなんだけどさぁ。ぼーっとしたいときは、こうやってずっと電車に乗ってる。終点と始点を行ったり来たり」

「じゃ、ずっとこの電車に乗ってるの？」

「そう。かれこれ二時間くらい」

「暇なの？」

「さっきからそう言ってるでしょ。退屈で死にそうなの」

高校三年生という生き物は受験や就活で多忙だと認識していたが、例外も存在しているらしい。耳に掛かった眼鏡フレームに軽く触れ、私は脚を組み直した。

「まあ、気持ちは分からんでもないよ。電車って、一人でいてもおかしくないし。自分が動かなくても、勝手に進んでくれるし」

「お、分かってくれる？　一人になりたいけど孤独になりたくないときにピッタリなんだよね」

「一人になりたかったのに、なんで私に話し掛けたの？」

「単純に、お前と喋ってみたかったから」

「なにそれ、ナンパ？」

「かもね」

芝居がかった仕草で清水は肩を竦める。漏れる自身の笑い声が、狭い車内に無責任に響き渡った。

「清水って変わってるね」

「お前には負けるけど」

「私の何を知っているというのか」

「男にも女にもなりたくないってのは知ってる」

先ほどのすみれとの会話を持ち出され、私は言葉を詰まらせた。彼女の両目が、音もなく細められる。

「可哀想だなんて、あんな奴に言わせせんなよ」

「でもまあ、本人に悪気はないからね」

「悪気がないどころか、良かれと思って言ってるんだよああいう奴は。何？　お前、可哀想なの？」

「自分ではそうは思わないけど」

「だったら否定すべきでしょ。お前が否定しないから、アタシが今イライラすることになってるわけ」

「あ、もしかしてそれで私に話しかけたの？」

「だったら何」

「別に。ただ、やっぱり清水の方が変わってるなって思って」

他人の言動に一々腹を立てるだなんて、そんなのはエネルギーの無駄使いだ。人間一人ひとりの性格がどれ一つとして同じものでない以上、自分が吐き出した言葉が自分の意図通りの形で他者に伝わることなんてありえない。自分のことは自分にしか理解できないし、他者が真に望む姿になることなんて出来やしない。誰かに理解して欲しい、なんて感情は単なるエゴだ。だから、私は他者にそれを求めない。初めから、そんな願望は放棄している。

「……私さ、英語が好きなの」

「はあ?」

脈絡のない話題の変化に、清水が胡乱《うろん》げな眼差しをこちらに向ける。右足だけを真っすぐに伸ばすと、スラックスに刻まれた皺がするりと伸びた。

「一人称の旅、清水はやらなかった?」

「なにそれ」

「そのまんまの意味。小さい頃の自分の呼び名と今の呼び名、清水は昔からずっと一緒?」

電車の進みが鈍くなる。信号待ちです、という車掌のアナウンスが車内に響いた。終点に辿り着くまで、あとどのくらいの時間が残されているのだろう。

清水は両腕を組み、真剣に悩んでいる。記憶を辿っているのかもしれない。

「……小さい頃は自分のこと名前で呼んでた。『千明』って。でも、ぶりっ子って言われるのが嫌で止めた。それで『私』になって、でも、優等生っぽくて嫌で、『アタシ』って言うようになったかな」

「ふーん。優等生っぽくて、かぁ」

「お前はどうなわけ? なんか変遷凄そうだけど」

「別に大した変遷はないよ。『僕』、『俺』、『私』……ぐらいかなぁ。色々迷走した挙句、両方の性別で使えるって理由で『私』になったの」

一人称というのは、幼い頃から可能な、それでいて強い効果を持つセルフプロデュース手段だ。自分がどうありたいか、他者にどう見られたいのかを映す鏡。

「さっき清水が言ったじゃん？　自分のことを名前で呼んだらぶりっ子って言われたって。つまり、自分にそんなつもりはなくても、他人が勝手にそう判断したってことでしょ？　女の子が俺って言ったら変とかさ、ぶっちゃけ自分の呼び方なんてどうでもいいじゃん。でも、みんなそれを基準に他人を判断してるわけ。けど、英語は違うでしょ？　自分で自分の呼び方を選択する必要がない」

「私も僕もひっくるめて、全部『I』だからってこと？」

「そう。だから英語が好きなの」

小学生の時に初めて、英語の授業で一人称という概念を教わった。その当時、自分の呼び名を『僕』か『私』のどちらにするか悩みに悩んでいた私の目からは、多分ボロボロと鱗《うろこ》が零れ落ちていた。なーんだ、と思った。私にとって深刻な悩みだったこの難題は、人類の普遍的な課題ではなく、単なる言語の問題だったのか、と。それから私は自分のことを『私』と呼ぶようになった。だって悩む時間が勿体ない。

「まあ、一人称に限らずだけど、選択肢があるのと選択肢がないの、どっちが幸せなのかなってたまに思うんだよね」

私の言葉に、清水が組んでいた腕を解く。銀色のポールに肘を突き、彼女は掌で自身の片頬を押し込んだ。

「そりゃあった方がいいでしょ。少なくともそこに、選ぶ自由が発生するんだから。選べないより選べた方がいいじゃん。いくら選ぶのが面倒でもさ」

「清水はそう思う？」

「そりゃそうでしょ。選べないと選ばないは別物じゃん。眼鏡とコンタクトみたいなもんだね。眼鏡だけで生活したって特に支障ないけど、コンタクトも選べた方が嬉しいでしょ」

「話が飛んだね」

「だってお前、眼鏡好きなんでしょ？　アタシは断然コンタクト派だけど」

「マジで？」

「マジマジ。今もコンタクト着けてるよ。瞳の大きさ二割増し」

「目力の秘密はそこか」

「眼鏡には真似できない芸当でしょ」

んふふ、と清水は鈴を転がしたような笑いをこぼす。瞳の色を変えたり、髪の色を変えたり。整形すれば肌の色だって変えられるし、こうして羅列していくとこの世に変えられないものなんてないような気もしてくる。いつか遠い未来、血の色がカスタマイズできるようになったら、私は蛍光ピンクにラメ入りの血にしたい。きっと、唇がピカピカ光って綺麗だろう。或いは、宇宙みたいな銀河色でもいいかもしれない。怪我をした時に、傷口から星空が流れ出てきたら嬉しいから。

「そろそろ終点だね」

アナウンスの音に反応し、清水が運転席へと顔を向けた。「お忘れ物にお気を付けください」と、車掌が甲高い声で捲し立てている。立ち上がった私に対し、清水はその場で静止したままだった。つり革に摑まり、私は座ったままの清水を見下ろす。

「降りないの？」

「うん。大体、この線じゃあアタシの家まで帰れないし。乗り換えしないと」

「そうなんだ？」

「嫌じゃん、知り合いが乗るような電車にずっと乗ってるの。だから、わざわざ自分と全く関係ない線を選んだの」

「普段はこの線使わないの？」

「全くね。だから、お前と会うことはもうないよ」

スカートから伸びる二本の足が、ぎゅっと互いを締め付けるように交差している。そっぽを向くように逸らされた横顔が、私の心臓を握り潰そうとした。可哀想。不意に、そんな感情が脳裏を過ぎる。口に出したら、清水はきっと烈火の如く怒るだろうけれど。

「ね、眼鏡掛けてみてよ」

「は？」

「これ、貸してあげるから」

掛けていた眼鏡を外し、私は無理やりに彼女の手へ押し付けた。無防備に晒された目元がスースーする。ポケットからスマホを取り出し、私はカメラアプリを起動させた。清水はしばらく眼鏡を弄んでいたが、やがて根負けしたように眼鏡を掛けた。うん、やっぱり人類には眼鏡が似合う。真四角なレンズ越しに、彼女の瞳が煌《きら》めいた。

「これ、度が入ってないけど」

「うん、伊達《だて》メガネだから。私、両目とも一・五だし」

「はぁ？　じゃあなんで眼鏡掛けてんの」

「好きだから」

私の言葉に、清水は息を呑んだ。ごくり、とその細い首筋が上下する。彼女は多分、寂しい人だ。誰かと一緒にいたくて、でもいることに耐えられない人。

「写真、撮っていい？　ツーショット」

「嫌ですけど」

「いいじゃん、私は眼鏡掛けてないんだよ？　スッピンじゃん」

「眼鏡を掛けてないことをスッピンとは言わないし。そもそも、お前は眼鏡無い方が美人なんだから、アタシが損じゃね？」

「いやいやいや、眼鏡ある方が美人なんだから、そっちの方が得してるでしょうが」

「これは見解の相違だわ。人と人は所詮分かり合えない生き物……撮るのはやめよう」

「いくよー」

「うわっ」

強引にシャッターを切る。嫌がっていたはずなのに、清水は抜け目なくカメラ目線で自身の可愛さをアピールしていた。自撮り慣れしている人間の顔だ。

「ネットにはあげんなよ」

眼鏡を外し、清水が上目遣いに睨んでくる。ハイハイ、とおざなりに頷いていると、清水は有無を言わさぬ勢いで私の胸ポケットに眼鏡を突っ込んだ。手元のスマートフォンの画面を覗き込み、彼女は唸《うな》るように呟く。

「お前、やっぱ眼鏡無い方が美人だな」

「まだそれ言う？」

「でも、アタシは眼鏡掛けてるお前の方が好きだよ」

そう告げる彼女の声は、あまりに平板だった。特別なことなど何もない、ただの日常を思わせる声。唖然としている私の足を軽く蹴り上げ、清水は歯を見せるようにして笑った。はしゃいだような、強がるような、そんな笑い方だった。

「じゃあな、ジョバンニ」

その言葉が、二人の別れの合図だった。半端に持ち上げた腕を、私は力強く振る。扉をくぐれば、見飽きた現実が気だるげに横たわっている。振り返りたい欲求を堪《こら》え、私は改札に向かって歩き出した。

胸ポケットから眼鏡を取り出し、折りたたまれたフレームを開く。明確に世界を映し出す視界に、私は透明な硝子のフタをした。きっと、これでいい。見られたいと思う自分の姿が、私にとっての本当の自分だ。

暗い夜を、電車のヘッドライトが切り裂いている。永遠に伸びる線路はきっと、遠い銀河に繋がっていた。

漠然と五体

アイドルユニット「りっぷくりーむ」のメンバー金倉美琴《かねくらみこと》（18）がアイドル活動を休止する声明を12月20日に自身のブログで発表した。金倉は「持病が発覚して以降、メンバーにはたくさん助けてもらいました。続けられないことに悔しい気持ちもあるけれど、これからは生きることに全力を尽くそうと思います」と心境を告白。「りっぷくりーむは4人から3人になりますが、引き続き応援よろしくお願いします」とファンへのコメントを出している。

※上位5件のコメント

1　誰？

2　休止なんてショックです！　誰か知らないけど

3　まさか金倉さんが！　誰か知らんけど

４　コメントのノリが良くて楽しい！
５　病気は可哀想だけど、トップに持ってくるようなニュースじゃないでしょ
▽すべてのコメントを読む（１４３）

　スマートフォンの画面をスクロールすれば、延々とコメントが続いていた。親指を動かし、私はアクセスランキングへと飛ぶ。アイドルの熱愛、政治家の不正、若者の過労死、老人の暴走運転……。刺激的なニュースであればあるほど、そこにつくコメントは多くなる。私は新聞なんか読まないし、テレビも見ない。好きな時に見られないし、作り手の作為ばかりが鼻につくから。だから、世間の流れを知るきっかけはいつだってネットニュースだ。手の中にあるこの小さな電子端末が、私にとって世界へ繋がる唯一の扉だ。

　つり革に掴まり、生ぬるい空気の不快さに身を震わせる。特徴的なワンピースタイプのセーラー服に、黒のダッフルコート。自分と同じ制服を着た子が多いから、ここにいるほとんどの女子たちは同じ駅で降りるのだろう。圧迫される体躯を守るように、私は自身のマフラーに鼻を埋めた。

吐息の熱で温まった車内の空気は、透き通っているはずの窓ガラスを白く曇らせている。制服の上から羽織ったコートは、暖房の利いた車内では暑すぎた。上着を脱ごうにも、この混雑では身動きがとれない。満員電車で出来ることといえば、こうして指先を動かしてスマホを操作することぐらいだった。

「お、」

目に入ったニュースに、無意識の内に声が漏れた。スマホを手にしたまま、私は慌てでマフラー越しに口を押さえる。ガタン、と電車が揺れた。つり革を握りしめた自身の腕が、ぎこちなく強張った。

目に入ったアイドルのユニット名が、私の記憶を刺激した。勘違いしていた頃の、幼い自分の黒歴史。コメント欄に並ぶ「誰?」の文字に、何故だか心がざわついた。

検索エンジンに文字を打ち込めば、ファンが作ったであろうウィキペディアの記事が出てくる。結成されたのは五年前、地元を盛り上げるご当地アイドルを作ろうという企画で、オーディションも行われた。百人程度の応募があり、その中で選ばれた四人がアイドルとなった。彼女たちはあの瞬間、選ばれし存在だったのだ。——落選した自分とは違って。

下車駅に着き、扉の向こう側へどっと人が溢れ出した。学校指定のコートに、学校指定のソックス。個性を出せるのはマフラーしかないからか、色とりどりの薄い布が細い首に巻きついている。赤と緑のアーガイル、ピンクとホワイトの千鳥格子《ちどりごうし》。去っていく後ろ姿を目で追いながら、私はその場に一人立ち尽くしていた。降りなければ。そう頭では分かっているのに、体がやけに重かった。肺が軋み、息が苦しい。心臓が大きく唸り、バクンと強く鼓動した。私は動かなかった。

空間を占領していた学生たちがいなくなり、窮屈だった車内は一気に静まり返った。扉が閉まり、電車は再び動き出す。ガタン、ガタン。改札に向かう学生の群れが、緩やかな速度で右から左に流れていく。私は銀色のポールに摑まると、恐る恐るといった具合に空いたシートの端に座った。ふくらはぎの裏側から、熱風が吐き出される。その熱で、私は先ほどまで自分が暑さを感じていたことを思い出した。コートを脱ぎ、スクールバッグごと膝の上に乗せる。ずる休みだぁ、と思った。これで三日目、連続記録更新だ。

「学校、行かないの」

唐突に正面から響いた声に、私はビクリと肩を揺らした。見上げれば、見覚えのある顔と目が合った。亜麻色の髪に、透明感のある白い肌。同じクラスの清水千明だ。クラスメイトといいつつも、私は彼女とこれまで一度たりとも言葉を交わしたことがない。だって清水さんって、絶対に不良だもの。三年生になってから学校にもほとんど来てないし、髪色も明るいし。それになにより、彼女には例の噂がある。

「あ、え、」

大して仲も良くない相手と、どうやって話せばいいんだ？　ため口？　いやでも、敬語の方が無難か？　逡巡のせいで舌先が歯の裏側に張り付いた。よくよく見れば、清水さんは学校指定の黒コートではなく、アイボリーのボアコートを着込んでいた。道理で気付かなかったわけだ。

「いや、だからさ、学校」

じれったそうに、清水さんが窓の外を指さす。私は慌てて姿勢を正すと、まごつきながらも答えた。

「や、休もうかなーと思いまして」

「受験生がずる休み？　なかなか思い切りがいいね。アレ、でも細谷《ほそや》って学級委員長じゃなかった？　なんか、バカみたいに真面目ってイメージあったんだけど」

「えっと、」

なんで私なんかの名前を清水さんが知っているのだろう。動揺を隠せず、私は視線を左右に彷徨わせた。清水さんは唇をすぼめたり戻したりを繰り返していたが、痺《しび》れを切らしたのか、なんの断りもなく私の隣に座ってきた。うわ、と顔には出さぬまま心の中で悲鳴を上げる。

「清水さんは、どうしてここに？」

「そんなの、学校に行こうと思ってたからに決まってんじゃん」

「いやでも、現に行ってないなぁと思ったりするんですが……」

「だって、細谷が駅で降りなかったから。気になるじゃん」

「気になりますか」

「うん、半端なく気になる。それに、学校は今日じゃなくても行けるし」

「本当は毎日行くものですけどね」

「言っとくけど、それブーメランだから」

「確かに」

ぐうの音も出ず、私はただ頷くことしか出来なかった。清水さんはケラケラと笑い声を上げると、ポケットからスマートフォンを取り出した。エナメル質のシンプルな白のスマホカバーは、なんとなく大人っぽく見える。

「細谷、こっから何するの。どっか行く予定？」

「家に帰るつもりでしたけど」

「本気？　わざわざこんなとこまで来て？　勿体ない」

「別に勿体なくはないんじゃないかなぁって思うんですけど」

「そう？　まあ、細谷がどう思うとかどうでもいいけど」

清水さんの長い指が、スマホ画面の上で行ったり来たりを繰り返している。ひと昔前に流行したパズルゲームだ。キャラクターデザインは可愛いが、操作性と能力値のバランスの悪さのせいで他のゲームに客が流れてしまったらしい。レビューの評価も一つ星や二つ星ばかりだし、みんなが面白くないと思っているのに、どうして清水さんはこんなゲームを続けているのだろう。

「そのゲーム、好きなんですか？」

「別に普通。でも、惰性で続けてる」

清水さんは顔を上げない。

「そうなんですか」

「うん、そう」

「あー……なるほど」

気まずさに耐えかねて、私もスマートフォンを取り出す。家に帰るなら電車を乗り換える必要があるのだが、隣の清水さんが醸し出すオーラのせいで身動きが取れなかった。もしかすると、学校に行かなかったせいで罰が当たったのかもしれない。

「細谷は趣味とかないの」

「あ、映画は好きです」

「へえ、じゃあアレ見た？　結構前に公開された……えっと、確か少女漫画が原作で、女子高生がいきなりスパイにさせられて最後は宇宙人と戦うやつ。見ようか迷ってて」

「あぁ、あれは駄作ですよ。レビューも低いし、原作無視のトンデモ展開らしいし」

「ふうん。細谷は見たの？」

胃の奥がひやりとした。清水さんの瞳が、一瞬だけこちらを向いた。引きつる頬を隠すように、私は曖昧に微笑する。

「あ、いえ……見てはいないんですけど」

「なんだ。じゃ、意味ないじゃん。それより細谷が好きな映画教えてよ」

『銀河鉄道の夜』。真っ先に思い浮かんだのは、幼い頃にテレビで見たアニメーション映画の題名だった。宮沢賢治の『銀河鉄道の夜』を原作として一九八五年に公開され、メインの登場人物が猫として描かれているのが特徴だ。ジョバンニの両目が暗い窓ガラスにくっきりと映るのが、幼かった私にはひどく恐ろしく感じられた。銀河を走る列車からの眺めは幻想的で美しく、なのにどこか物悲しい。綺麗と怖いは似ているのだと、私はその時初めて知った。

けれど、と私は清水さんの横顔を盗み見る。清水さんに自分の個人的な好みを知らせて、それでどうなるというのだろう。理解されない可能性もある。だったら、初めから受け入れられる作品がいい。スマホを操作し、『名作映画ランキング』と検索画面に文字を打ち込む。『スタンド・バイ・ミー』。どのランキングでも上位に名を連ねている作品が目に留まり、私はスクロールする手を止めた。原作はスティーヴン・キングの短編小説で、一九八六年に公開されたアメリカ映画。レビュー評価は四つ星超え、誰もが称賛する名作映画だ。私も一度見たことがある。

「……スタンド・バイ・ミーですかね」

塗り固められた常識の後を、自分の言葉が追いかける。清水さんが肩を竦めた。

「あれ一回見たけど、あんま面白くなかった。展開も遅いし。橋渡るところはちょっとだけドキドキしたけど」

予想外の反応に、私は露骨に狼狽えた。見ていないか、同調されるか、その二択だと思っていたから。

「で、でも、いい映画ですよ。みんな好きだって言ってるし」

スマートフォンの画面には、映画好きが選ぶ名作三十、というネット記事が開かれたままだった。

『三位、スタンド・バイ・ミー。何度聞いても色褪せないメインテーマが素晴らしい。大人になった今、少年時代の日々はもう二度と戻ってこないのだと気付く。年を重ねてから何度も見返したくなる名作』

映画評論を趣味とする男性が、自身の言葉でその魅力を語っている。清水さんは頬杖を突くと、白けた視線をスマホに向けた。

「アタシはさ、顔も知らない誰かが選んだ映画を聞いたんじゃなくて、細谷の好きな映画を聞いたんだけど」

「そう、ですか……」

「そう最初から言ってるじゃん。ちなみにアタシが世界で一番好きな映画は、『アタック・オブ・ザ・キラー・トマト』ね。有名な映画なんだけど、知ってる?」

「いや、聞いたこともないです」

早速検索しようとした私の脚に、トンと軽く衝撃が走った。清水さんに蹴られたのだ。

「そんなわざわざ調べるほどの映画じゃないから。いきなりアメリカに殺人トマトが現れて、次々と人間を襲うって内容で、なんかもう、バカばっかりなの。ツッコミどころ満載なんだけど、それが面白くて。あと、テーマ曲が耳に残るんだよね」

「は、はあ」

「冷静に考えたらやばくない？　トマトが襲ってくんだよ？　ストーリーとかも雑で、マジでつまんないから」

「つまらないのに好きなんですか？」

「そ。つまんないけど好きなの」

んふ、と愉快げに鼻を鳴らす清水さんは、教室の隅で見かけた時よりもずっと屈託のない顔をしていた。私はスマホを握りしめたまま、喉に詰まっていた言葉を強引に絞り出した。

「私、『銀河鉄道の夜』って映画、好きなんです。アニメの、猫の」

「『銀河鉄道の夜』って、宮沢賢治の？」

「そうです。カムパネルラは赤い猫で、ジョバンニは青い猫なんですけど、小説を読んだ時よりも映画で見た方が私にはスッと入ってきて。展開がどうとか音楽がどうとかあるんでしょうけど、でも本当はそんなのどうでも良くて、ただただ好きってだけなんですけど」

「ふうん、面白そうじゃん」

清水さんはスマホを操作すると、あっという間に映画情報にまでたどり着いた。二足歩行をする二匹の猫が、画面の中からこちらを見つめている。

「アタシさ、いつつも思うんだよね。スマホって便利だなって」

「は、はぁ」

「分からないことは簡単に調べられるしさ。でも、当たり前の話なんだけど、全く自分の知らない物は検索のかけようがないんだよね」

「それはまあ、確かに」

「面白い映画とかランキングとか、そんなのは検索したらいくらでも出てくるけど、細谷の好きな映画は検索掛けても出てこないじゃん。そういうことだよ、ホントそういうこと」

そういうこととは一体どういうことなのか。おぼろげな理解のまま頷く私に、清水さんは得意げに口端を吊り上げた。良いことを言った、と確信している顔だ。

電車は緩やかに止まり、アナウンスが終着駅の名前を告げた。このまま座っていれば、反対方面に電車は進んでいくだろう。臙脂《えんじ》色のシートに背を押し付け、私は膝に置いたコートを抱え直す。隣に座る清水さんはというと、ごそごそとコートの首元のボタンを留めていた。

「降りるんですか？」

「うん、そうだよ。遠くに行くの」

「はあ、遠くですか」

随分と漠然とした回答だ。首を捻った私を、立ち上がった清水さんが呆れ顔で見下ろした。

「何言ってんの。細谷も行くんだよ」

「え、なんで」

「暇なんでしょ？　だからだよ」

「いや別に、暇ってわけじゃないですけど」

「わざわざ制服着て学校に向かって、そんで直前で休むぐらい暇なんでしょ？」

「それを言われるとなんとも……」

「アタシ、暇すぎて死にそうなの。ほら、早く」

腕を掴まれ、無理やりに体を引っ張り上げられる。こうして立ち上がってみると、清水さんの頭は私の頭よりもやや高い位置に存在した。座っているときは私の方が背が高いくらいだったのに、美少女の脚の長さって恐ろしい。黒いコートを羽織り、下から順に一つずつボタンを留めていく。待つのが億劫なのか、清水さんはローファーの先端でコツコツと床を叩いていた。彼女の首元にある真っ白なボアが、その細い首筋を柔らかに締め上げている。

「ご、ごめんなさい。待たせて」

「本当ね。ま、時間だけはやたらあるから気にしなくていいけど。それよりどこ行きたい？」

「はい？」

「いやだから、行きたいところ。細谷、どっか希望ないの？」

「ちょ、ちょっと待ってください」

私は慌ててスマートフォンをポケットから取り出す。流行りのスイーツ、おしゃれなカフェ。検索候補に入れる文字を考えていると、突如として華奢な手が画面を遮った。面を上げると、清水さんはこちらに聞かせるように仰々しくため息を吐いた。

「……別にいいんだけどさぁ。細谷のそういうとこ、ホントつまんないね」

冷ややかに細められた瞳に、私はぎこちなく愛想笑いを浮かべた。他人につまらないと思われることは怖くない。群れからはみ出ることよりは、よっぽど。

「もういいよ。とりあえずテキトーに行ってみよ」

清水さんの指が、私の手首を強く摑む。その冷たさに驚いて、私はハクリと息を吞んだ。こっち、と彼女は私の意向を無視して、ずんずんと先へ進んでいく。白いボアの中に押し込まれた茶髪が、内側に向かってたゆんとカーブを描いていた。

ホームを移動し、古ぼけた電車に二人で乗り込む。県外へ向かう電車は人影も疎《まば》らで、二人揃って席に座ることができた。コートを着たままの清水さんは窓の外をぼんやりと眺めている。暖房の利いていない車内は肌寒く、私はマフラーを巻きなおした。

中吊り広告では、買い物袋を手にした美女がイルミネーションを背景に誰かへ手を振っている。受験予備校、就職活動、脱毛エステ、結婚相談所。今のままじゃだめ、今よりもっと素敵な自分へ。ずらりと並んだ広告が、怠惰に時間を消費する私を責め立てる。焦燥感と飢餓感が掻き立てられ、だけどそんなことを実現するお金はない。社会人になってお金を自分で稼げたら、こんな息苦しい気持ちにならずに済むのだろうか。そのためにはいい大学に入らなきゃダメ？　いい会社に入って、若いうちに結婚しなきゃダメ？

女の人は若さが商品価値だと、ネットのコメントが叫んでいる。年を取ることは劣化だと、名前の無い人たちが高らかに吠えている。じゃあ、女子高生の今が一番価値の高い時期なの？　長生きすればするほど価値が下がっていくとするなら、私は何のために生きていくんだろう。誰かが勝手に張り付けたレッテルが、取り忘れた値札みたいに私の背中に張り付いている。多分、みんなそうだ。男も女も、子供も大人も、誰もかれもがレッテルまみれ。勝手に価値を見出され、そして勝手に失望される。

「細谷はさ、クリスマスどうすんの」

「え、」

「恋人とかいないの？」

窓に視線を固定したまま、清水さんが尋ねる。十二月も半ばを過ぎ、クリスマスももうそこまで迫っている。だが、受験生である私にとって、そんなものは試験日が近付いてきた証でしかない。

「私はそういうのは全然……彼氏もいたことないですし」

「恋人なんて勝手に出来るでしょ」

「それは清水さんだけですよ」

美人だし、と続けようとしたところで、私は咄嗟に口を噤んだ。清水さんに関する例の噂が脳裏を過ぎったからだ。勝手に動いた瞳が、彼女の腹部を視線で撫でる。

──ねえ、知ってる？　清水さんって妊娠してるんだって。

クラスメイトの誰かから聞いた噂だった。年上の男の人と付き合っているだとか、七股を掛けているだとか。本人が滅多に学校に来なかったせいで、噂には尾ひれも背びれも付いた。泳ぎだした噂は話題の一つとして、娯楽に飢えた受験生たちの間で消費されていく。そういう遊んでばっかりの子は愚かだって、きっとみんな思っている。アリとキリギリスみたいに、努力している人間だけがいつか報われるって信じていたいから。

窓枠に掛けていた腕を下ろし、清水さんは力なく笑った。日差しを浴びた瞳が、琥《こ》珀《はく》色に煌めいた。

「アタシも、今は彼氏とかいないよ」

弧に歪んだ彼女の口元から、か弱い息が漏れる。重く沈んだ睫毛が震え、彼女の横顔をより完璧な形に近付けた。

「細谷はさぁ、学校って好き？」

「え、どうしたんですか、突然」

「なんとなく。細谷みたいな真面目な子って、なんのために生きてるんだろって」

咄嗟にポケットへと伸びた手を、清水さんの手が叩き落とした。「それ禁止」と唇を尖らせる彼女の後ろで、灰色のホームが段々と遠ざかっていく。走り出した電車の振動が、尾骶骨《びていこつ》を通じて胃の奥を刺激した。

「好きとか嫌いとか、そういうのじゃないです。学校は、行かなきゃいけない場所というか」

「でも、今日は休んでんじゃん」

「それは……だから、私はダメな人間なんです。清水さんにはわかんないかもしれないですけど」

「はあ？　ナニソレ」

不服そうに清水さんがこちらを睨む。怒ったような口調だが、その声は存外優しかった。目元に掛かる前髪を掻き分け、私は恐る恐る清水さんと視線を合わせる。

「だからその、普通に出来なきゃいけないことを出来てないんで。清水さんみたいに学校サボっても平気なタイプじゃないんです、私。本当は今こうして学校を休んでる自分も嫌だし」

「じゃ、どーして学校に行かないの？　いじめ？」

「そういうわけじゃないんですけど」

父親にも母親にも、学校を休んでいることはまだバレていない。制服姿で家を出て学校の最寄り駅からUターンして帰宅する頃には、すでに二人とも出勤して家にいなかった。学校の先生には熱が出たと電話したが、電車に乗っているところを何度かクラスメイトに目撃されているから、もしかしたらずる休みであることもバレているのかもしれない。

「人には言えない理由なの？」

清水さんが脚を組む。真冬だというのに、彼女は生足を曝《さら》け出している。110デニールの黒タイツで防寒している私とは大違いだ。

「言えないというか、自分でもくだらなさすぎて言うほどでもないというか」

「くだらないの？」

「とっても」

それなのに、臆病な自尊心が私の身体を縛り付ける。学校に行こうとする度に胃の奥底からムカムカと不快な感覚が湧き上がり、吐き気と頭痛を私にもたらす。特に意味もなく『しにたい』と検索エンジンに打ち込んだら、あなたの気持ちを話してくださいと薄っぺらな液晶が私に優しく喋りかけた。でも、話すほどの気持ちなんてない。ただ、なんとなく消えたくて、なんとなく死にたいだけ。スマホの電源を切るみたいに、明日が無くなってしまえばいいのに。

「アタシさ、学校嫌いなの」

清水さんが言った。ですよね、と私は頷いた。そんなの、最初から分かっていた。

「だってさ、学校って理不尽なことばっかりじゃん。テストとかもそうだよ、スマホが持ち込み禁止とか意味わかんない」

「それはそうじゃないですか？　スマホがあったらカンニングし放題だし」

「その発想がそもそもナンセンスだと思うんだよね。スマホってさ、持ち運べる第二の脳みそだと思ってるの、アタシは。目が悪いと眼鏡掛けるでしょ？　それと一緒で、暗記出来なきゃスマホ使えばいいんだよ」

「はー、変わってますね」

「どこが？　普通の発想でしょ。アタシさぁ、中学の頃に超ムカついたことがあったんだけどね、文化祭の招待状を書きましょうって言われたの。それで、お手本の紙を見ながらひとり五枚ずつ、便箋に手書きで文字を書き写していって。三十人のクラスだったから、ざっと計算しても百五十枚の手書きの招待状が完成したわけ。馬鹿みたいだと思わない？　そんなの、コピー機使えば一瞬じゃん。そしたらさ、手書きの方が気持ちが伝わるからって」

話しているうちに嫌な記憶を思い出したのか、清水さんの足先がひっきりなしに揺れている。

「まあ、そういう側面もあるんじゃないですか？　手書きだと嬉しいな、みたいな」

「その嬉しさに、手間をかける価値がどんぐらいあるわけ？　時間の浪費を丁寧さって呼ぶの、マジ最悪だよね。効率悪いだけなんだよ。暗記もそう。パソコンが生まれてスマホが生まれて、生き方も学び方も変わってんのに、なんでそこだけ古いままなの。アタシら、平安時代に生まれたわけじゃないんですけど」

「そ、そこまで怒らなくても」

「怒ってるんじゃないよ。ただ、アタシは学校のそういうとこが嫌いってだけ」

「だから清水さんは学校に滅多に来ないんですか？」

「んー、それはどうだろ」

私の問いに、清水さんは肯定も否定もしなかった。停車した電車の扉が開き、冷え切った風が車内に吹き込む。ぞくりと背筋に悪寒が走り、私は手のひらを擦り合わせた。息を吹きかけると、かじかむ指が熱を帯びた。

「嫌なの、縛られるの」

そう言って、清水さんは眉尻を下げる。窓の外では、初々しい雰囲気の恋人たちが手を繋いで何かを語り合っていた。コートの裾を握り締め、清水さんは一瞬だけ何かを堪えるような顔をした。彼女の細い肩が、私の肩に倒れ掛かる。

「今から寝る」

「え。でも、どこで降りるんですか」

「アタシが起きたところ」

アイシャドウの塗られた薄い瞼が、音もなく閉じていく。唇を真一文字に引き結び、清水さんはそのまま寝息を立て始めた。肩に触れる体温に、私はどうしていいか分からず身を強張らせた。故意によるものなのか、スマートフォンが入ったポケットは清水さんの腕に塞がれていた。特にやることも見つからず、私は仕方なく窓越しの風景を眺める。白んだ空気の下には灰色の海が広がっていた。

清水さんが目を覚ましたのは、それから約二時間後のことだった。電車は休みなく進み続け、案内板に並んだ地名は聞いたことのないものばかりとなった。ポケットに手を入れたまま、清水さんは軽い足取りでホームへ降り立った。寂れた駅に、古ぼけた駅名標がぽつんと突っ立っている。吹き荒ぶ風の冷たさに私はつい顔をしかめた。

「寒いですね」

「海が近いからじゃない？」

「ここ、どこですか」

「知らない。ノリで来たから」

いつものように改札を抜けようとしたら、ＩＣカードをタッチする機械がどこにもなかった。どうしたらいいのかと私が右往左往している間に、清水さんは駅員さんに声を掛けて手続きをしてもらっていた。旅慣れた感じが、大人っぽくてちょっとカッコいい。

「ほら、細谷も早く」

「あ、はい」

不足していた分の運賃を支払い、二人は揃って改札を抜ける。駅前といっても周囲には何もなく、がらんとした道路がどこまでも広がっているだけだった。飲食店どころかコンビニすらない。

「どこ行こうか」

黒いアスファルトを踏みつけ、清水さんが赤くなった鼻先をスンと鳴らす。私は慌ててスマホを取り出し、そしてその場で固まった。

「ここ、圏外ですね」

「駅前で圏外はヤバいね。ま、ちょうどいいじゃん」

ケラケラと笑いながら、清水さんは歩き出す。しっかりとした足取りに、私は首を傾げた。

「どこに行くか決まってるんですか？」

「全く。でも、線路伝いに歩けばどっかに着くでしょ」

フェンスで隔てられた線路には、枕木が延々と敷き詰められていた。電車だとすぐ過ぎる距離も、徒歩だと永遠のものに感じられる。ローファーで地面を踏みしめながら、私はぼそりと呟いた。

「『スタンド・バイ・ミー』みたいですね」

「歌いながら歩く？　細谷のアカペラをBGMにしてさ」

「嫌ですよ、音痴ですもん」

「映画みたいでカッコいいじゃん」

「じゃ、清水さんが歌ってくださいよ」

「仕方ないなぁ」

先を歩く清水さんが、Stand by Meを歌い始める。英語が分かっていないせいで「ふ」と「る」だけで構成されたでたらめな歌詞だけれど、歌唱力があるせいで素敵に聞こえるから不思議だ。金平糖を太陽にかざしたみたいな、綺麗と可愛いが溶け合った声だった。響く歌声が冷たい空気を滑らかに切り取っていく。

継ぎ目のないアスファルトに、二人分の影が揺らめいていた。分かれ道に立つまん丸のカーブミラーは、まるで喧嘩した双子みたいに互いにそっぽを向いている。映し出された歪んだ世界では、どちらが前なのかさっぱり分からない。私は前に進みたい。でも、もしかしたら清水さんにとってはそんなことどうでもいいのかもしれない。

「あ、見て。なんかすごい店見つけた」

振り返った清水さんが、車道を挟んだ先を指さした。途切れたBGMに、少しだけ物足りなさを感じる。もっと清水さんの歌声を聞いていたいと思ったが、それを口にするのは躊躇《ためら》われた。

「どこです？」

「ほら、あそこ。美味しそうじゃない？」

清水さんが指す方角には、一軒の喫茶店が建っていた。水色と白色のストライプ模様の日よけテントはすっかり色褪《いろあ》せており、箱型の看板には時代を感じさせる書体で『喫茶』とだけ記されていた。営業中の札が扉前に掛けられているが、カーテンに遮られた窓から中の様子は一切見えない。行き慣れたチェーン店とは明らかに違う雰囲気に、私は思わず清水さんのコートの袖を引っ張った。

「ほ、本気ですか？」

「意外にああいう店が穴場なんだって」

「でも、怖くないですか？」

「何が？」

質問の意味が理解できないという顔で、清水さんは首を傾げた。せめてネットで評価を確認してから、とスマホを取り出したところで、この場が圏外であることを思い出す。ネットに繋がらないスマホなんて、ただの多機能グッズでしかない。

「お腹も空いたし寒いしさぁ、ここらで一回休憩した方がいいって」

「それはそうですけど」

「細谷は余計なこと考えすぎなんだって」

清水さんは左右を交互に確認すると、一気に車道を走り抜けた。置いて行かれた私は、慌てて右手を挙げながらその後を追った。首を締め付けるマフラーが煩わしくて仕方なかった。

扉を押し開けると、チリンとベルの音がした。店内に他の客の姿はなく、高齢の店主がカウンターからじろりとこちらを一瞥した。等間隔に並んだ木製のテーブルに、カーテンにしみ込んだ煙草の臭い。元は白かったであろう壁はすっかり黄ばみ、そこに掛かった巨大な木製額縁には水彩画が飾られていた。ここではないどこか、名前も知らない町の風景だった。

「細谷は何食べる?」

勝手に隅の席を占領した清水さんは、早速メニューを選んでいる。明らかに手書きであろうメニュー表には、びっしりとカタカナが羅列されていた。カレー、ポークカレー、ビーフカレー、カツカレー等々。フードメニューはとにかくカレー推しで、その他の商品といえばライス(大)ぐらいしかない。

「私は……うーん、カツカレーで」

「じゃ、アタシはシンプルに普通のカレーにしよっと。すみませーん」

漂う空気を物ともせず、清水さんは二人分の注文を店主へ伝えた。愛想の悪い男は特段言葉も発さずに店の奥へと消えていく。

「絶対美味しいって。こういう店って」

一体どこからそんな自信が湧いてくるのか。清水さんは訳知り顔でおしぼりを折りたたんでいる。脱いだコートを席の端に寄せ、私は見たくもないメニュー表にもう一度目を通した。話題が思い付かなかった。

「細谷はさ、死にたいって思ったことある？」

明日の天気を聞くみたいな、あまりにさりげない口調だった。ゴクンと唾を呑んだ私に、清水さんはおしぼりを弄りながら問いを重ねた。

「どうなの」

「な、なんで？」

「んふふ。なんとなく」

こつん、と清水さんの靴先が私の脚を蹴る。僅かに傾げられた首も、艶やかに輝く双眸や蠱惑《こわく》的な声も、その全てが清水千明という人間を魅力的に彩っている。彼女は美しい人だった。綺麗と怖いは似ていると、私は幼い頃から知っていたのに。

「一緒に死ぬ？」

囁《ささや》くように、清水さんは言った。冗談とも本気とも取れる、ずるさの塊みたいな誘いだった。額に滲んだ汗が私の頬を流れ落ちる。否定すべきだと、常識が脳内で居丈《いたけ》高《だか》に叫んでいた。

「そういうの、やめて」

絞りだした声は、震えてはいなかっただろうか。清水さんはぱちりと大きく瞬くと、「そう」と単調な声で応じた。落胆しているようには到底見えなかった。テーブルに両手を突き、私は前のめりになって尋ねる。

「さっきの、冗談だよね？」

「当たり前じゃん。ジョークだよ、ジョーク」

マニキュアの塗られた爪を蛍光灯の光にかざしながら、清水さんはぞんざいに答えた。

「そ、そういう冗談はどうかと思うけど」

「冗談にしたのは細谷だけどね」

言い放たれた台詞に、私は今度こそ言葉を失った。スピーカーから流れるクラシックが、やけに大きく聞こえる。気まずさを誤魔化すように、私はグラスに入った水を飲み干した。沈黙は嫌いだ。苦しくなるから。

「お待たせしました」

店奥へと消えていった店主がようやく姿を現した。清水さんと私、それぞれの前に注文通りの品を置くと、店主は音もなくその場から離れていく。清水さんは無言のまま、銀色のスプーンをカレーへと差し込んだ。私は「いただきます」と手を合わせる。

「……うわ、」

先にカレーを食べた清水さんが眉端《びたん》を吊り上げた。芳《かんば》しくない反応に、私もスプーンでカレーを掬う。口に運べば、馴染みのある味が舌の上に広がった。

「これ、レトルトだね。湯煎の」

「まあ、不味くはないけど」

「清水さん、さっき言ってたよね。こういう店は絶対美味しいって」

「えー、今そういうこと言う？」

「だって事実だし」

「意地が悪い」

「清水さんには負けるけど」

薄いカツに嚙みつき、奥歯で何度も咀嚼する。清水さんは正方形のジャガイモをスプーンの先で潰していたが、やがてその肩がふるふると震え始めた。俯いた彼女の唇から、「グフフッ」と空気が噴き出される。それが笑い声だと気付くのに、数瞬の時を要した。

「なんで笑うの」

「おかしいから」

ひーひーと笑いながら目元を拭う清水さんに、なんだかどっと力が抜けた。目の前の光景に釣られるように、私の口角もじわりじわりと上がっていく。未だに笑いを止められない様子で、清水さんは口を開いた。

「いやだってさ、この店の感じだったら絶対美味しいと思うでしょ。メニューがカレーしかないんだよ？　それなのにこのクオリティって。逆に面白い」

大して面白くないようなことも、誰かが笑っていると可笑しく感じるのは何故なのだろう。腹筋が痙攣《けいれん》し、口から勝手に笑いが漏れる。カレーが美味しくない。単なる事実が何故だか笑えて仕方なかった。私が一切れカツをあげると、清水さんは急に真顔になって呟いた。

「これ、ハムカツじゃん」

そのテンションのあまりの落差に、私は再び声を上げて笑った。何故これほど笑うのか、理由は自分でも分からなかった。

二人が店を出る頃には、昼と呼ばれる時間は既に終わっていた。汗を吸ったマフラーを鞄に押し込み、私は清水さんの傍らを歩いた。清水さんは頑なにポケットに手を入れていた。

「清水さんはなんで学校指定のコートじゃないの」

「こっちの方が可愛いでしょ」

「そういう問題なの？」

「大事な問題だよ、アタシにとっては」

スクールバッグの取っ手が、私の肩に食い込んでいる。値段の割にたいして量の入らない鞄には、授業用のノートと志望校の過去問題集が押し込まれている。本当は私だって可愛いリュックサックで登校したいと思っているけれど、厳しい校則がそれを許してくれない。だが、規則は大切だ。ルールを守れば、空気を読めば、世界は私を攻撃しない。もしも自由を縛るものがなければ、私は明日学校に着ていく服すら一人では決められないだろう。

「さっきね、清水さん言ってたでしょう？　学校は理不尽なことばっかりって」

「言ったね」

「本当、その通りだなって思うの。非合理なルールだってたくさんあるし。でも、それでも私はルールを破るのが怖いなって思うんだよ。たとえ誰かが見てなくてもね、ルールを破った自分を、自分が見てる」

「えー、守る価値のないルールを破ったって別に良くない？」

「ルールってだけで、それが正しいとか関係なしに守らなきゃって思っちゃうの」

「脳みそ死んでるね」

清水さんが嘲笑交じりに吐き捨てる。私はその指摘を否定する気にはなれなかった。

続く線路を辿っていくと、カンカンとけたたましく警報音が鳴っていた。遠くからでも見える黄と黒の踏切が、広い車道を遮っている。点滅を繰り返す赤いランプに、清水さんが目を細めた。駅は、もうすぐそこだった。

「ね、あっち行ってみようよ」

清水さんが踏切の先を指さした。その刹那、私たちの視界を走りぬける電車の影が遮った。ゴウ、と音を立てる風の勢いに、私は慌ててスカートの裾を引っ張る。半端に伸ばした髪が、自身の頰を何度かぶった。

「うん、行く」

頷いたのに、理由はなかった。電車の走行音がうるさいせいで、もしかしたら清水さんに私の声は届いていないのかもしれなかった。それでも、言わずにはいられなかった。

やがて電車の姿は小さくなり、踏切が静かに腕を上げた。清水さんはわざわざレールの凸凹を踏みつけるようにして踏切を渡っていた。「踏まないとサメに食べられるんだよ」と彼女は妙に真面目な顔で言った。顔を上げた私の眼前に広がっていた光景は、灰色に光る砂浜と真っ黒に蠢く海原だった。

海は寒かった。劣化の進んだ看板は辛《かろ》うじて文字が読み取れるというレベルで、赤いペンキで書かれた「キケン」の文字がなんだかおどろおどろしかった。小さな砂粒がローファーの中に入り込み、チクチクとタイツ越しに足の裏を刺激している。清水さんは近くに落ちていた流木を蹴りつけると、満足した様子で息を吐いた。カラカラと転がる流木が、薄い波に呑み込まれる。鼻孔を膨らませば、生臭さの混じる潮の香りが肺の奥にまで充満した。

「海じゃん」

そう言って、清水さんはごそごそと鞄から参考書を取り出した。厚みのある、数学の問題集だった。それを座布団代わりにし、彼女はその場に座り込んだ。私はプラスチック製の下敷きの上に座った。マーカー部分が隠せる緑色の下敷きは、座布団にするには小さかった。

耳を澄ますと、海が呼吸する音がした。押し寄せる波が、不純物の混じる砂を影色へと塗り替えていく。砂に混じる小さなガラス片が、降り注ぐ日差しを浴びて奇跡みたいに光っていた。指先で摘まみ上げると、その断面はすっかり丸くなっている。尖っていた方が綺麗だっただろうに、と私はそれを戯れに海へと投げ捨てた。

「細谷はさ、今日なんでアタシについてきたの」

遠くに視線を固定したまま、清水さんは言った。私は苦笑した。

「断れなかったからかなぁ」

「嫌なら断れば良かったじゃん」

「断っても良いような態度じゃなかったよ」

「そんなことないと思うけどね」

よっぽど寒いのか、清水さんはコートの襟元を引き上げた。スカートの下から晒された彼女の脚は、うっすらと鳥肌が立っている。

「寒い？」

「そりゃね。でも、アンタのそのコートよりはマシそう」

「このコート、意外にあったかいんだよ？」

「着たことないから知んない」

「学校指定なのに。買わなかったの？」

「買ったけど、すぐネットで売った。女子校の制服って、中古だと高値で売れるんだよね」

うわ、と思った。嫌悪感が全身を走り抜け、私の心にびゅうと風穴を開けていった。気持ちが悪い。そう感じたのはきっと、売られた制服の行方が想像できてしまったからだ。渋面になった私に、清水さんはにんまりと瞼のふちを歪めた。

「細谷はそういうの好きじゃなさそうだね」

「好きじゃないっていうか、いけないことだし」

「単なる経済活動じゃん」

「清水さんは平気なの？」

「べっつにー。それがお金になるならって感じ」

「そんな風にお金稼いで、何に使うの」

清水さんが私を見た。その指先が伸ばされ、コート越しに私の腹部をするりと撫でた。

「アタシさぁ、赤ちゃん欲しかったんだよね」

赤ちゃん、という単語に私の心臓がぎくりと跳ねる。曖昧にぼかされていた現実が、確かな重みを持って海の底へと沈んでいく。タイツに包まれた自身の脹脛《ふくらはぎ》を引き寄せ、私は膝の上に額を乗せた。

「前の彼氏ね、七歳年上だったの。ネットで知り合って、アタシ、二十歳ですって嘘吐いた。全然気付かれなかったよ、アタシ胸大きいし」

私はそろそろと顔を上げた。厚みのあるコート越しでは彼女のプロポーションはハッキリとは分からない。それでも、清水さんが私の周りの友達と比べて随分と早熟であることだけは分かっていた。伏せられた長い睫毛のしなやかさや、憂いを帯びる唇の艶やかさ。私には持ちえないものを、彼女は多く手にしていた。

「その彼氏はどうしたの」

「捕まったよ。アタシ、そん時にまだ十八歳じゃなかったから」

衝撃で口が開いた。まるで何でもないことのように告げる清水さんが、恐ろしくて仕方なかった。糞女《くそおんな》！　と、私の頭の中で誰かが叫んだ。多分、これまで私が目にしてきた、ネットニュースのコメント欄だ。
1　ありえない女。詐欺だろ
2　この場合、男だけが加害者にされるのっておかしくない？
3　結婚前提に付き合ってるならセーフじゃないの？
4　私女だけど、これは男の方が可哀想

5　嘘吐いてたなら男は見抜けないよ

見も知らぬ誰かの文字が、怒濤《どとう》の勢いで私の思考へ流れ込む。均一的な文字列の主は、男であり女である。その全てが正論であることを、私は確かに認めている。それでも、不思議と清水さんを責める気持ちにはなれなかった。理由は分からないけど、もしかすると清水さんが目の前に存在する生身の人間だったからかもしれない。

「……清水さんが妊娠したって噂、本当なの？」

「うん、ホント。相手はその彼氏でさぁ。お母さん、すっごく怒っちゃって。それで大事《おおごと》になったの」

「その人とは、今も付き合ってるの？」

「付き合ってないよ。向こう、妻子持ちだったんだって。初めから、アタシと真面目に付き合う気なんかなかったんだろうね。二年も一緒にいたのに」

私の脳内で、未成年淫行《いんこう》の隣に不倫の二文字が加わった。私が今まで歩んできた道はひどく平らで安全だったから、こうした概念が実在することすら不快だった。

「それでもね、アタシ、スマホを持ってるの。ずっとさ、相手からの連絡を待ってる。馬鹿みたいでしょ」

「うん、馬鹿だと思う」

勇気を出して絞り出した一言に、清水さんは歯を見せて笑った。

「早く大人になりたかったの。大人の人と付き合ったら、今の自分から逃げられるような気がした。周りの子たちとは違うって、アタシは特別なんだって」

清水さんの美しさは、早く大人になりたがる少女の背伸びの美しさだった。瞬きする間に遠くへと過ぎ去ってしまうような、脆く儚いひと時が、今ここには存在した。

彼女はきっと、未来へと敷かれたレールを飛び出してしまいたいのだ。安定の外側だけが真の自由だと思い込むのは、ひどく愚かで子供っぽい。なんて不器用な生き方なんだろう、と私は彼女を哀れに思った。

「子供ができたっていうの、本当は嘘だよ」

とっておきの秘密を打ち明けるように、清水さんが囁いた。

「想像妊娠だったの。アタシ、子供が欲しかったんだ。早く子供を産んで、死にたかった。動物は子孫を残すために生きるんでしょう？　だからさ、アタシが子供を産めば帳消しになると思ったの」

清水さんの手が、私のコートのポケットに伸びた。差し込まれた手が、探るように私の太ももを撫でる。寒さに赤らむその指が触れたのは、私のスマートフォンだった。

「細谷は、なんで学校を休んだの」

「すっごくくだらないよ？」

「くだらなくてもいいじゃん。せっかくだし、海に向かって叫びなよ」

「そんな馬鹿なことはしないけど」

ただ、もしかすると私に必要なのはそんな馬鹿みたいなことだったのかもしれない。私の中に住む世間体という名の化け物は、心の奥底でひっそりと芽生える好奇心の芽を根こそぎ食べ尽くしてしまうから。

「宿題、忘れたの」

「ハァ？」

清水さんが唸った。決まりが悪くなり、私は頰を掻いた。

「三日前、数学の宿題が終わらなくてね。締め切りを破って怒られるの嫌だなって思ったの。そしたら、何だか怖くなって。それで、気付いたら学校に行けなくなってた」

「たったそれだけなのに、あんな死にそうな顔してたの？」

「死にそうな顔はしてないよ」

「してたよ。そうじゃなかったら、アタシ、細谷を誘ったりなんかしないもん」

「清水さんは私が自殺すると思ってたの？」

「そこまでは思ってないよ。死にたがってるとは思ったけど」

どうだろうか。私は死にたかったのか、生きたかったのか。二つを区切る境界線は行ったり来たりを繰り返したせいで、すっかり掠れて消えている。

冷えた手のひらを握りしめると、伸ばした爪が食い込んだ。清水さんの両目を見据え、私はハッキリとした口調で言った。

「私にとっては、『たった』じゃなかったの。他の人にとってはたったでも、私にとっては」

清水さんは私の視線を真正面から受け止めた。茶色を帯びた瞳が、気まずそうに宙を泳いだ。

「細谷は、怒られるのが嫌いなの？」

「嫌いなんじゃなくて、怖かったの。失望されるのが嫌だった。慣れてないんだ、怒られるの。学校ってさ、ルールさえ守ってれば怒られないでしょう？　だから」

「優等生だもんね、細谷」

「うん」

「優等生な自分は嫌い？」

「嫌いだけど、清水さん見てたらこっちの方がマシだなって思った」

「なにそれ、失礼じゃない？」

「だって清水さん、無茶苦茶なんだもん」

もしかすると、私が幼い頃から夢に描いていた姿が清水さんだったのかもしれない。自分の容姿に自信を持ち、自分を支配しようとする不合理なルールを全て蹴散らして生きていく。他人に敷かれたレールを無視して、自分の足だけで道を作る。私は、そんな強い人間になりたかった。そして、自分がそうなれないことも知っていた。

中学一年生の頃、アイドルのオーディションに応募した。私は自信が欲しかった。自分が求められる人間であるという、圧倒的な自信が。華やかなステージに立つことそのものより、オーディションに選ばれたというステータスが欲しかった。けれど、結果は散々だった。胸に湧き上がった感情は、悲しさよりも惨めさが勝った。思い上がった自分が恥ずかしかった。それから、私は息を殺すようにして学校生活を送るようになった。私は絶対に成功することしかやりたくない。とにかく、恥を掻きたくなかった。

そんな自分を、心のどこかで臆病者だと責めていた。自分の生き方も自分で選べない、流されるだけの凡人だと。世界が一本の映画だとするなら、私はきっと単なるモブだ。主役がいる教室で、見切れて映っているなんの個性もない人間。けれど、それで良かった。私は清水さんにはなれない。だって、人生は長いから。リスクにリスクを掛け算する生き方は、派手で見栄えは良いけれど、ただそれだけだ。失敗したくない、それの何が悪いのか。私は賢く生きたい。転ぶと分かる道を走るより、整備された道を進む方がずっと合理的だ。

「私、清水さんのこと馬鹿だなって思うよ。きっと安定した将来も選べるのに、全部自分から捨てて」

「細谷はきっといい大人になるんだろうね」

彼女の言葉には、確かに愉悦《ゆえつ》が含まれていた。清水さんは多分、いい大人になれない自分に酔っていた。三日月形に緩む彼女の口許から、ふふ、と短く吐息がこぼれる。

「将来の夢は？」

問われ、私は答えた。

「公務員だよ」

「夢がないね」

「夢なんて、ないよ。初めから」

　理想はある。でも、それは夢ではない。等身大の自分が摑める、最大限の幸福。それを形にしたいと思うことの、一体何がいけないのだろう。大人になるということは、理想と現実をすり合わせるということだ。夢なんて、ない。それが不幸だと、私はもう思わない。

「地元の公立大学に合格して、それから公務員試験の勉強をしたい。趣味の時間も欲しいし、仕事ばっかりは嫌だから有給が取りやすいところがいいと思ってる。いつ倒産するか分かんない会社に入っても困るし、実家から通える安定した職場で仕事がしたい。大体、年収は四百万ぐらいあればいいかな」

「四百万？　高望みしすぎじゃない？」

「清水さんはどうなの？」

「アタシ？　アタシはさっさと結婚して専業主婦になりたい。相手は石油王がいいな、年収百億の」

「それだけあったらなんでもできるね」

「でしょ？　アタシが死んだらピラミッドを作ってもらうの。スフィンクスも建てて、目をビームで光らせる」

「壮大だね」

「だって夢だから」

清水さんが立ち上がる。椅子替わりにした参考書をそのままに、彼女は砂のついたコートを手で払った。靴下に指を差し込み、彼女はクルーソックスを脱ぎ捨てる。曝け出された素足の爪先は、赤いペディキュアが塗られていた。高い位置から私たちを見下ろしていた太陽は空を飛ぶことに飽きたのか、どっぷりと海に浸かっている。橙色に染まった砂を踏みつけながら、清水さんはコートの袖を捲り上げた。

「海、入ろうよ」

「正気？　真冬だよ？」

「いいじゃん、せっかくだし」

「なにがせっかくなの」

「真冬に海に入っちゃダメなんてルールはないでしょ」

ほら、と腕を引っ張られ、私は渋々を装ってタイツの縁に手を掛けた。スカートの下から手を突っ込み、右足から脱いでいく。防寒装備で甘やかされていた私の足は、冷たい空気に触れた途端にきゅっと毛穴を縮こまらせた。

「寒い」

「冬だからね」

清水さんの手が、私の手をそっと握った。それだけで何も言えなくなって、私は引かれるがままに砂浜を進んだ。

夕焼けの海は、消えかけのろうそくの炎のような不安定な黄色の光を帯びていた。揺れるさざ波の上を橙色の夕闇が駆けて行く。砕けては散る飛沫《しぶき》を踏みつけ、清水さんは海を歩いた。薄く広がる水の膜を足の裏が感知した瞬間、刺すような冷たさが私の肌にしがみついた。

「なんか、世界が終わったみたいだね」

私の手を引いたまま、清水さんは言った。裸足に絡みつく海藻に、空気に混じる磯臭さ。その光景はとてもロマンチックとは言い難かったが、それでも私は「うん」と声を潜めて頷いた。清水さんがいて、私がいる。今日一日だけ、ここにあるのは秘密の非日常だった。

「アタシさ、学校辞めるの」

足首を海に浸したまま、清水さんは言った。押し寄せる波の感覚に、私は目を細めた。このまま流されてもいいと思った。清水さんと手を繋いで、海の底に沈んで。未来を憂えずに済むという誘惑は、なんて甘美なのだろう。

「今日ね、本当は面談だったんだ。先生たちと。ほら、アタシ、出席日数足りないから」

「学校、行かなくて良かったの」

「だって、学校なんていつでも行けるじゃん。でも、学校をサボるチャンスは限られてる。学校に通ってなきゃ、学校はサボれないでしょ？」

「……本当に学校辞めちゃうの？」

「そうだよ。細谷と会うこともうないね」

きっと昨日までの私なら、清水さんがいなくなったって何とも思わずに済んだのに。繋がれたままの手を見下ろし、私は唇を強く噛んだ。二人だけの逃避行が、じりじりと終わりに近づく気配がする。衝動的に、私は清水さんの手を握り返した。

「死んでもいいよ」

喉が震えた。みっともないぐらいにか細い声が、暗がりへとぽとりと落ちた。

「私、死んでもいい」

清水さんの両目が大きく見開かれた。まるで縋るみたいに、絡んだ指と指が互いを締め付けあっている。太陽は死んだ。光も死んだ。今、この瞬間に、世界を終わらせてもいい。冗談にしなくたっていい。瞼の裏側が燃えるように熱い。溢れだしそうになる感情を、私は息を止めることで瞳の中へ押し込んだ。

清水さんが微笑む。透き通った、割れる直前のシャボン玉みたいに。

「細谷は、大学に行くんでしょう？」

それは、優しい拒絶だった。顔を伏せたまま、私は頷いた。

「うん、行くよ。大学に行って、公務員試験を受けて。真面目に就職活動して、大人になる」

「それって楽しい？」

頭の隅に座り込んだ冷静な私が、カタカタと文字を打ち込んだ。
1　仕事って楽しさを求めるものじゃないし
2　今のままでいるなんて無理なんだよ
3　少なくともまともな生き方だと思うよ
4　まずは受験のこと考えなよ
5　それ、清水さんには関係ないよね？
連なる言葉たちは、どれもが正論だった。私という人格の中にいる意地悪な性格が、ひねくれた意見を出すことで自分を優位に立たせようとしている。でも、きっとそれではダメなのだ。

正論じゃ、君を救えない。

「楽しくないよ。でも、それでいいの」

私はポケットに手を突っ込むと、勢いに任せてスマートフォンを投げ捨てた。ぼちゃん、と薄い端末が海に落ちる音がした。親に買ってもらった最新モデルだ。水没は、補償対象外。馬鹿なことをしたと、自分でも分かっている。それでも、私は馬鹿になりたかった。明日からの自分には到底真似できない、この瞬間だけに存在する大馬鹿者に。

「学校は嫌いだし、勉強はもっと嫌い。うるさい親も嫌だし、学級委員だからって厄介ごとを押し付けてくる友達も先生も嫌いだよ。面倒だよ、全部全部！」

地団太を踏めば、水が跳ねた。今すぐ死ねないのなら、苦痛に足を引きずってでも私たちは生きねばならない。たとえ残された時間が、凡庸と苦痛に満ちたものだったとしても。

清水さんが息を呑む気配がした。でも、と私は叫ぶ。

「明日は来るじゃん。呼ばなくても、勝手に。じゃあ、仕方ないじゃん。楽しいとか関係なしに、生きてかないと。明日が、たとえ怖くても」

伝えたい感情は確かにあるのに、言葉にするとどうしてこうも陳腐になってしまうんだろう。繋がれた手に、力が込められる。清水さんの冷えた指先が私の輪郭を静かになぞり、頰に掛かる黒髪を耳殼《じかく》に沿って耳に掛けた。

「今日、ここにいるのが細谷で良かったよ」

清水さんの声は穏やかだった。空いている方の手で、彼女は自身のコートのポケットをまさぐった。取り出されたのは、白いカバーの取り付けられたスマートフォン。起動させると、彼女の横顔が青白く浮かび上がった。待ち受け画面には、見も知らぬ男の隣で笑顔を作る清水さんの姿があった。

「アタシだって、全部嫌い」

そう言って、唐突に清水さんは大きく腕を振りかぶった。あ、と私が思った時には、長方形のスマートフォンは真っ白な光をまき散らしながら暗い海の底に沈んでいた。

私は尋ねた。

「いいの？」

「いいよ」

スン、と清水さんは鼻を鳴らす。光は弱々しく点滅を繰り返していたが、やがて完全に消滅した。溺死したスマートフォンたちは不幸なのか幸福なのか。馬鹿げた思考を追いやるように、私はぶるりと肩を震わせた。

「帰ろう」

繋がれたままの手を揺らせば、清水さんが吐息をこぼした。白く色づいた空気が寒さの中で掻き消えるのを、私は無言で見つめていた。


幸いなことに、海は駅からうんと近かった。タオルで足を拭った私たちだったが、明るい駅へと足を踏み入れた途端、自分たちのコートが水滴でぐっしょりと濡れていることに気が付いた。それまで意識もしていなかったが、どことなく磯臭いような気もする。清水さんは仁王立ちで電車の案内板を睨みつけていた。

「こっから家までどのくらいかな」

「二時間はかかるだろうね」

やってきた電車に乗り込むと、車両は貸し切り状態だった。清水さんは慌てて臭いの気になるコートを脱ぎ、荷棚へと押し込んでいる。私は脱いだところで気力を削がれ、真っ黒なコートを抱きしめたまま背もたれに身体を委ねた。

「眠い」

目を擦る清水さんが、私の肩に寄り掛かってくる。私はそれを避けることもせず、諦《あきら》めを含んだ笑みを浮かべた。

「寝てもいいよ」

「着いたら起こして」

「うん、分かった」

薄い瞼がゆるりと閉じられ、清水さんはすぐに動かなくなった。正面の窓ガラスには、広い空間を持て余す二人ぼっちの女子高生が映し出されていた。

車内にはたくさんの広告が張り付けられていたけれど、今の私の視界からは滑るように押し流された。全部、どうでも良かった。今、この瞬間だけは。現実とか、どうでも。

路線図に書かれた順番通りに、電車が駅のホームを過ぎていく。

終着駅に着いたら、私たちはそこで永遠の別れを告げるだろう。連絡先は聞けない。だって、二人ともスマートフォンを持っていないから。きっと、清水さんと私が会うことはこれから先二度とない。でも、それで良かった。今日という一日だけだったから、私は清水さんを愛せたのだ。私にとって清水さんの存在は、日常とするにはあまりに異質であまりに重い。

長い線路の先に、輝かしい明日が立ち塞《ふさ》がっている。その眩さに吐き気を催しながら、私は切符を握りしめた。帰宅したら数学の宿題をしなければ、と脳の隅で誰かが言った。それは多分、日常に住む私自身の声だった。

特別収録

そして奇跡は起こる
青い鳥なんていらない

単行本の刊行と重版を記念して書き下ろされた、掌編を収録しています。

そして奇跡は起こる

誰かを嫌いになることって難しい。自分を嫌いになるのは、こんなにも簡単なのに。

両耳に差したイヤホンから、自分の声が聞こえてくる。スマートフォンに録音した自分の声は、日常生活で自分が耳にしている声よりも少し高く聞こえる。客観的に自分の声を聞くのって、なんだか胸がザワザワする。その感覚を減らそうと毎日発声練習を繰り返すうちに、声を出すことへの抵抗は少しずつ減っていった。

流していた録音を切り、唯奈は駅の電子掲示板を見上げる。次の電車が来るまで、あと十二分。

今日もまた、上手くいかなかった。ベンチから伸ばした脚を、所在もなくふらりと揺らす。高校生になって入部した放送部は穏やかな雰囲気で、多分、唯奈には合っていた。それでも上手く馴染めないのは、自分の暗い性格が原因だ。友達になりたいと思うのに、自分のアクションのせいで誰かが不快になるのが怖い。嫌われたくないと隅の方にいるせいで、ますます誰かに疎ましがられる悪循環。放送部の皆は良い人だから、きっと話しかければ受け入れてくれる。そう頭では分かっているのに距離を取ってしまうのは、自分に意気地がないからだ。

唯奈はスクールバッグから一冊の文庫本を取り出す。小説の一文が、黄色の蛍光色で塗り潰されている。

『でも、伝えようとしなきゃ、なんにも始まらないんだよ』

そんなこと、自分が一番分かっている。心の中には他人に対する感情がぎゅうぎゅうに詰まっているのに、それを口にする勇気がない。

三年生の有紗部長の声は、いつも凜としていて美しい。

知咲先輩の声は、穏やかで心地が良い。

貴方の声が好きです。そう伝えれば、先輩は喜んでくれるだろうか。想像して、すぐに悲しくなる。だって、そんな想像したって無意味だ。唯奈には、自分から働きかけるような度胸がない。

電車がホームにやって来る。文庫本を閉じ、唯奈はその場に立ち上がった。

こんな風に、神様みたいな人が唯奈を迎えに来てくれたらいいのに。唯奈ちゃんと友達になりたかったんだ。そう言って、手を差し伸べてくれたらいいのに。そしたらきっと、唯奈はその手を強く握り締めて、絶対に離さない。

「でも、伝えようとしなきゃ、」

無意識に漏れた呟きに、唯奈は咄嗟に口を押さえた。分かっている、分かっているさ。それでも、唯奈は奇跡を待っているのだ。

誰かが自分を救いだしてくれる、その瞬間を。

青い鳥なんていらない

『青い鳥』。メーテルリンクの書いた名作童話。アタシの家にも綺麗に装丁された『青い鳥』の絵本がある。幸せは身近なところにあるよ、と幼い頃に大人に言われた。でも、本当にそうだろうか。手を伸ばさずとも摑める幸福になんて、アタシはちっとも興味がない。

「清水さんって私らとはなんか違うね」

中学生の時、クラスメイトにそう言われたことがある。そりゃそうでしょう、とアタシは笑った。折り目正しくルールを守る彼女たちを、アタシはどこか下に見ている。制服のスカートをきちんと伸ばして、ボタンは一番上まで留めて。そんなことで頭が良くなるならいくらでもそうするけど、でも、実際はそうじゃない。アタシはあの子たちのようにはなりたくない。幸せの青い鳥は確かに家の鳥かごにいるかもしれない。だけど、そんなところに収まった幸せなんて、アタシは要らない。

「本当に？」

鏡の中のアタシが尋ねる。制服を着たアタシが、アタシを真っすぐに見つめている。洗面台の上には、洗浄液で満たされたコンタクトケースが置かれていた。朝の支度は煩わしいが、化粧抜きに学校に行くなんてアタシには耐えられない。

「本当にって、何が」

「幸せが要らないなんて嘘っぱちじゃん。単に長い物に巻かれる才能がないってだけでしょ」

「そんな才能、最初から要らないし」

「でも、考えなきゃ幸せになれるよ。教室にいるあの子たちみたいに」

「お前はあんな風になりたいの。違うでしょ」

「そう？　案外、似合うかもよ。優等生も」

「うるせー」

アタシは唇を尖らせる。とんだ茶番だ。鏡に映った自分との対話。くだらない自問自答。

想像の中のアタシは真面目な身なりをして、賢そうな顔で生きている。毎日学校に行って、同年代の男の子を好きになって。ＳＮＳ映えする写真を撮って、小さな幸せを親しい友人と共有している。

「クソくらえ」

鏡に向かって、アタシは舌を突き出す。そういうありふれたものから逃げたくて、アタシはここまで来たんじゃないか。勝手に牙を抜かれて飼い慣らされるくらいなら、手に余ると捨てられる方がよっぽどいい。

ハンガーに掛かるボアコートへ手を伸ばす。制服の上から羽織ったアイボリーのコートは、校則で禁止されていた。以前、教師に注意されたことがあったが、きっと今日は怒られないだろう。なんせ登校する最後の日だから。

「高校中退おめでとう」

誰も祝ってくれないから、アタシだけが祝ってあげる。皮肉っぽく吊り上がった唇が、次第に笑みの形を作る。

幸福とは程遠い自分の姿は、惚れ惚れするくらい美しかった。

〝自分らしさ〟に悩むすべての人におくる一冊

井手上 漠

「青春」といえば、何を思い浮かべますか？

友達と制服のまま海に行って、浜辺で足だけ水に浸かって遊ぶ、そんな情景でしょうか。明るく爽《さわ》やかで、楽しくて美しい。

高校を卒業したばかりの私でも、ついそんなシーンをイメージしてしまいますが、思い返すと青春は甘酸《あまず》っぱいだけのものではありませんでした。

規則や校則に縛られたり、人間関係に悩んだり。自分にしか抱けない窮屈さが一人ひとりにあったはず。

武田綾乃さんの『青い春を数えて』は、そんな学生のリアルな窮屈さを生のまま切り取った作品で、だからこそ胸に刺さるものがたくさんありました。

この本に高校生の頃に出会えていたらと思いました。「青春」の爽やかなイメージだけじゃない、当時の自分にはうまく意識できなかった感情が言語化されています。あのとき感じていた言葉にならない苦しさも含めて、あの日々はキラキラ輝いていたのだな、と実感することができました。その価値に気が付けるか気が付けないかで、毎日が大きく変わるんじゃないか、そう思いました。

本の中に、特に好きな文章が二つありました。

一つが、「側転と三夏」に出てくるこの言葉。

気付けば頑張っている状態が当たり前だと思われるようになっていた。背伸びした分の私の努力は、自分だけしか見ていない。幼い頃の側転と同じだ。成功することが当たり前だと思われているから、誰の記憶にも残っていない。

主人公の真綾のジレンマには、深く共感しました。真綾はできて当然。だから、真綾の側転は誰の印象にも残っていない。ところが、天性の愛嬌を持つ姉の咲綾が失敗した側転は、家族の記憶に残る。

私にも一つ年上の姉がいるので、比較される辛さはよくわかります。でも、姉のことを思い出すと少し真綾に対する感想が変わりました。

姉は昔からかわいくて、勉強もできました。もちろん持ち前の能力もあったと思いますが、それ以上に人一倍努力していたことが大きいのです。周囲からのプレッシャーもある中で、期待に応えようと陰で頑張っていた姉の姿を見て、努力することの大切さに気付かされました。姉に影響を受けて、私も絵や歌や美容を頑張るようになりました。そうなると努力を続けることが必要だということもわかってきて、頑張り続けることって、とても難しいことだとも気付いたのです。

真綾に足りないことは、そんな難しいことができている自分を肯定してあげることです。周りから認めてもらえなくても、頑張れている時点で実はとてもすごいことで、真綾偉い！　と、私は思いました。この文章を読んで、自分のことも肯定してあげることができるようになりました。

私たちが頑張る理由の一つに、誰かから「頑張ったね」って認めてもらいたい、という欲求があると思います。もちろん、私もそうです。

その努力を自分でも認めて、肯定してあげたい。私も、十八年間生きてきただけで、とても偉いと思いたい。もちろん、皆さんも。

もう一つの好きな文章が、「白線と一歩」の知咲の言葉です。

そうだ、私は声を出すのが好きだ。誰かの言葉を、自分の声に乗せるのが好き。自分の言葉を積み上げて、それを誰かに伝えるのが好き。全部、本当は好きなのだ。ただ、怖いことから逃げていただけ。

この言葉は、私の生い立ちと重なります。

自分のことを誰かに知ってもらいたい、でも、もし本当の自分を知られてしまったら、皆逃げて行ってしまうんじゃないか。そんな恐怖が邪魔をして、長い間友だちと気楽に話せずにいました。

学校という狭い世界での窮屈な集団生活しか知らなかったので、拒絶されることへの恐怖感はとても大きいものでした。同じような感情を持ちながら学生時代をすごしている人は少なくないと思います。私以外にもこの言葉に救われる人はたくさんいると信じています。

本当は、みんな自分のことを知ってもらうのは好きでしょう？

自分のことを話したい、知ってもらいたい気持ちを優先すれば、怖くてもなんとか誰かに話せますし、自分のことを知ってもらえれば、きっと相手も自分のことを話してくれるはずです。そうしてキャッチボールで誰かと繋がっていけば、自然と視野が広くなり、価値観も深まっていくと思います。

他の三編も心に刺さるものばかりでした。

「赤点と二万」の辻脇さんの

「(大学入試の)推薦ってシステムはずるくない?」

という言葉が気になりました。ずるくないことは、この世には多々あるのかもしれません。

たとえば、今の私は「有名だから得してるんでしょ、ずるい」と言われてしまうことがあります。でも、自分で言うのは恥ずかしいですが、自分なりに有名になるために色々なことを頑張ってきました。私としては努力して今の自分になったと思っているのですが、他の人からは「有名で得をしていてずるい」と見えてしまう可能性もあるのです。

誰が何を見るかによって、見え方、感じ方は一人ひとり違うのだと思います。そう考えると、誰もが少しはずるいですし、そうでなければ生きられないのだな、と改めて思いました。ずるも、生き方のバランスです。

「作戦と四角」に出てくる泉は、私と同じく性別がありません。性別がないことを「可哀想」とクラスメイトに慰められてしまうシーンには、自分だったらどう答えるだろうかと考えてしまいました。

間違いなく「そんなことはない」と答えると思います。私は、「可哀想」という言葉があまり好きではないのです。以前、新聞で見かけた何かの歌の歌詞だと思うんですが——。スーパーから出てくるお母さんと小さい子供の歌だったような。歌詞のなかで小さい子供は大きな荷物を持っていて、それを見た人に「親に持たされて可哀想」と言われるのです。でも、本当はその子がお母さんを楽にさせてあげたくて、自ら申し出たことだったので、可哀想と言われてとてもショックだった、という内容でした。それを読んだ時に、「可哀想」という言葉は人を傷つけることがあるのだな、と気付かされて、それ以来、使うのをためらうようになりました。

性別がない私は、日々、明確に女性、男性と自覚している人にはない感情を持ったり、経験をすることができていて、それが毎日の楽しさに繋がっています。だから、決して私は「可哀想」ではありません。

でも、泉みたいに「可哀想」と言われても受け流してしまう気持ちもわかります。人とのつきあい方は当人にしかわからないものだと思いますが、受け流して丸く収めるというのが、泉のやり方なのだと思いました。決して否定するつもりはありません。

「漠然と五体」には、この本の中で一番印象に残ったシーンがありました！　最後に、細谷さんがスマホを海に投げ捨てるシーンです。絶対にできないけれど、私もやりたい！

スマホが便利だということも普段意識していませんが、邪魔だという発想自体、ありませんでした。確かにSNSで友達のあまり知りたくなかったところを知ったり、SNSで見えるところだけで、人のことを勝手に判断するようになったり、自分の嫌いな過去も残ってしまいます。それも日常だと思って受け入れてしまっていました。今の私たちはスマホの存在に疑問を持たなくなっているのではないでしょうか。

好きな映画を聞かれて、つい名作映画まとめを検索してしまうほどスマホに浸かってしまっている細谷さんだからこそ、彼女がスマホを海に投げ捨てるシーンには衝撃を受けましたし、勇気をもらいました。

この短編のなかに「夢なんて、ないよ。初めから」という台詞《せりふ》があります。学校では、将来の夢＝職業のような言い方をされることがありますし、夢を持つことを強要されることもあります。私は、将来の夢を持つことは良いことだとされる風潮に昔から疑問を抱いていました。夢は無理矢理見つけるものではないと思うからです。それよりも、理想を大切にする方が大事なことです。そして、それが夢に繋がっていくこともあると思うのです。誰にだって、小さくても理想はあるはず。たとえば「メイクが好きで、ずっとそれに関わっていたい」というのが理想。それを職業にしたいとなったら、たとえば「メイクアップアーティストになってみたい」という夢に繋がるかもしれません。

小さい理想だとしてもいつか夢になるかもしれないんです。「夢なんて、ないよ。初めから」という言葉に込められた作者の意図は深いなと思います。

この本には、出てくる女子高校生五人が自分らしく生きられるようになったきっかけのようなものが切り取られていると感じました。

思えば、私が自分らしく生きられるようになったのは、母のひと言がきっかけでした。

幼い頃から私はかわいいものやキラキラしたものが好きでしたが、大きくなっていくにつれて周りから男らしくない、と言われるようになり、誰からも自分の好きなものを認めてもらえない孤独感に苛《さいな》まれた時期がありました。

中学二年生の時、突然母に「恋愛対象は男性と女性、どっちなの？」と聞かれました。母が自分のことを知ろうとしてくれているという嬉しさはありましたが、話すことへの不安と恐怖もありました。でも、全てを打ち明けると母は、「漠は、漠のままで、ありのままに生きればいいからね」と肯定のひと言をくれました。そのひと言に、あのときから今まで、私は救われ続けてきました。

自分らしく生きるというのはとても難しいことだと思います。そもそも、自分らしさが何かわからないからです。私も長年その問いには悩まされていますが、自分らしさを知るためには、色々な人の価値観を吸収する必要があると気付きました。

ある時ツイッターで、「メイクをしてはいけない、という校則はいらないと思う」という趣旨の発信をしたことがありました。大人の女性はメイクをすることがマナーという風潮がありますが、社会に出たら自動的にメイクができるようになるわけではありません。そして学校でメイクのやり方を教えてくれることはありません。不思議で不便な校則だと感じていました。その投稿には、肯定的な意見もたくさんいただきましたが、批判的なものもたくさんいただきました。中でも、「一つ校則をゆるめてしまうと際限がなくなってしまう。だから、校則は少しきついくらいがよい」という意見には納得できました。それが正解というわけではないかもしれませんが、今まで一方的にしか見えていなかった問題を自分とは違う視点から見ることができて、価値観が深まったように感じました。そして、自分の考えも必ずしも正解ではないことを意識することができました。

この本を読んだことで、自分らしく生きるということについてもう一度考える機会を得られました。

私は今、普通の十八歳よりも色々な人に関わることができる、お得な状況にあると思います。それを活かして価値観を無限大に広げて、まだまだ自分の知らない部分をどんどん知っていきたいです。

本書は、二〇一八年八月に小社より刊行した単行本の文庫版です。

|著者|武田綾乃　1992年京都府生まれ。第８回日本ラブストーリー大賞最終候補作に選ばれた『今日、きみと息をする。』が2013年に出版されデビュー。『響け！ ユーフォニアム 北宇治高校吹奏楽部へようこそ』がテレビアニメ化され話題に。同シリーズは映画化、コミカライズなどもされ人気を博している。'21年、『愛されなくても別に』で第42回吉川英治文学新人賞受賞。その他の著作に、「君と漕ぐ」シリーズ、『石黒くんに春は来ない』『その日、朱音は空を飛んだ』『どうぞ愛をお叫びください』などがある。

青《あお》い春《はる》を数《かぞ》えて

武田綾乃《たけだあやの》

講談社文庫

定価はカバーに
表示してあります

2021年７月15日第１刷発行

KODANSHA

発行者――鈴木章一
発行所――株式会社　講談社
東京都文京区音羽2-12-21　〒112-8001
電話　出版（03）5395-3510
　　　販売（03）5395-5817
　　　業務（03）5395-3615
Printed in Japan

デザイン―菊地信義
本文データ制作―講談社デジタル製作
印刷―――中央精版印刷株式会社
製本―――中央精版印刷株式会社

ISBN978-4-06-524386-2

講談社文庫刊行の辞

二十一世紀の到来を目睫に望みながら、われわれはいま、人類史上かつて例を見ない巨大な転換期をむかえようとしている。

世界も、日本も、激動の予兆に対する期待とおののきを内に蔵して、未知の時代に歩み入ろうとしている。このときにあたり、創業の人野間清治の「ナショナル・エデュケイター」への志を現代に甦らせようと意図して、われわれはここに古今の文芸作品はいうまでもなく、ひろく人文・社会・自然の諸科学から東西の名著を網羅する、新しい綜合文庫の発刊を決意した。

激動の転換期はまた断絶の時代である。われわれは戦後二十五年間の出版文化のありかたへの深い反省をこめて、この断絶の時代にあえて人間的な持続を求めようとする。いたずらに浮薄な商業主義のあだ花を追い求めることなく、長期にわたって良書に生命をあたえようとつとめるところにしか、今後の出版文化の真の繁栄はあり得ないと信じるからである。

同時にわれわれはこの綜合文庫の刊行を通じて、人文・社会・自然の諸科学が、結局人間の学にほかならないことを立証しようと願っている。かつて知識とは、「汝自身を知る」ことにつきていた。現代社会の瑣末な情報の氾濫のなかから、力強い知識の源泉を掘り起し、技術文明のただなかに、生きた人間の姿を復活させること。それこそわれわれの切なる希求である。

われわれは権威に盲従せず、俗流に媚びることなく、渾然一体となって日本の「草の根」をかたちづくる若く新しい世代の人々に、心をこめてこの新しい綜合文庫をおくり届けたい。それは知識の泉であるとともに感受性のふるさとであり、もっとも有機的に組織され、社会に開かれた万人のための大学をめざしている。大方の支援と協力を衷心より切望してやまない。

一九七一年七月

野間省一